무직전생

이세계에 갔으면
최선을 다한다

26

글 리후진 나 마고노테
일러스트 시로타카

바디가디

인신

기스

에리스

루이젤드

올스테드

루데우스

인물소개

"좋은 아침이에요, 록시.
오늘은 쉴까 하는데,
어때요?"

"저는
상관없습니다만…"

무직전생

이세계에 갔으면
최선을 다한다

㉖

글 리후진 나 마고노테   일러스트 시로타카

MUSHOKU TENSEI ~ISEKAI ITTARA HONKIDASU~ Vol.26

ⒸRifujin na Magonote 2022
First published in Japan in 2022 by KADOKAWA CORPORATION, Tokyo.
Korean translation rights arranged with KADOKAWA CORPORATION, Tokyo.

CONTENTS

나는 한걸음 내딛고, 운 좋게 다음 인생을 걸어갈 수 있었다.

모두가 죽는다고는 하지 않겠지만,

모두가 운이 좋다고 할 수도 없다.

어떻게 할지는 네 자유다.

I worked hard, lived hard, died happy. I was satisfied.

글 : 루데우스 그레이랫

옮김 : 진 RF 매곳

제26장

청년기
결판편

제1화 투신의 위협

★ 산도르 시점 ★

내 이름은 알렉스 칼맨 라이백.

북신 칼맨의 아들이자, 그 기술과 북신의 칭호를 물려받은 자다.

북신 칼맨 1세… 아니, 우리는 북신 칼맨을 1세라고 부르지 않고 그냥 북신 칼맨이라고 부르지만, 아무튼 나는 북신 칼맨 1세의 아들. 북신 칼맨 2세, 칼맨의 이름에 부끄럽지 않게 진정한 영웅이 되기 위해 세상을 여행했다.

드래곤을 쓰러뜨리고, 초거대 베히모스를 쓰러뜨리고, 나라를 가지고 노는 악한 신관을 쓰러뜨리고, 중앙대륙 깊숙한 곳에 둥지를 튼 거대 식인 원숭이도 쓰러뜨리고, 압정을 펼치는 어리석은 왕을 쓰러뜨리고, 중앙대륙의 수많은 클랜을 붕괴시킨 미궁의 수호자를 쓰러뜨렸다….

영웅담이 될 만한 이야기는 전부 다 했다.

세계 최강의 마검과 어머니에게 물려받은 강건한 육체, 그리고 아버지가 만들어 낸 최강의 검술로 모든 자를 타도했다.

그리고 손에 넣은 것은 최강의 칭호와 명성이다.

사람들에게 감사 인사를 받고 칭찬을 들었다.

　불사마족의 피가 흐르는 몸은 오랜 세월이 지나도 건재해서, 영웅으로 계속 있을 수 있었다.

　콧대가 높아졌다.

　누구에게도 질 것 같지 않았다.

　자신의 강함에 취하면서 모든 적에게 압승했다.

　나는 그때 그야말로 스스로를 영웅이라고 확신하고 있었다.

　어느 날, 길가에 사는 어린 소년에게 마검을 도둑맞았다.

　소년이 마검을 가지고 간 곳은 불한당이 모이는 길가의 주점이었다.

　마검을 손에 넣은 것은 불한당의 리더이자 검신류의 제자… 검성이었다.

　평소의 나에겐 검성 따윈 갓난아기의 손목을 비트는 정도의 수준이었다. 설령 맨손이라도.

　…그런데 놀랄 만큼 고전했다.

　마검의 힘은 대단해서, 불한당을 검제나 그 이상으로 승화시켰다. 처음 다루는 것인데도 불구하고 말이다.

　간신히 승리했을 때, 내 안에 커다란 쇼크와 의문이 남았다.

　'나는 정말로 강한 걸까?'

　그런 쇼크에 시달리고 있을 때 불한당이 말했다.

　"너 때문에 이 근처는 난리가 났다."

그 말에 나는 깨달았다. 아, 그렇다, 바로 이 나라였다.

나라를 주무르던 사악한 신관을 쓰러뜨린 것도, 압정을 펼치던 어리석은 왕을 쓰러뜨린 것도 이 나라였다.

신관은 사악했지만, 종교로 나라가 돌아가고 있었다.

왕은 압정을 펼쳤지만, 강한 지배를 통해 나라를 주름잡고 있었다.

사람들은 불행하다고 느꼈을지도 모르지만, 확실히 평화롭기도 했다.

지금은 다르다.

지금 여기는 분쟁 지대라고 불리고 있다.

한 대국이 분열해서 수많은 소국이 싸움을 계속하고 있다. 나라가 멸망했다 생겨나기를 거듭하고, 승자에게도 인정사정 없는 진흙탕 같은 전쟁이 계속되고 있다.

다른 대국의 식량감이 되면서 사람은 계속 죽어 가고 있다.

나 때문이다.

내가 일방적으로 지배자를 악이라고 보고 타도한 결과, 사람들은 평화를 잃었다.

그 사실을 인식했을 때, 내 안에 의문이 남았다.

'나는 정말로 영웅인가?'

두 가지 의문을 가지고 잠시 시간을 보낸 후, 나는 마검을 내려놓고 영웅을 그만두었다.

즉, 나는 '아니다'라는 대답을 내놓은 것이다.

착각하지 않았으면 하는데, 나는 '영웅'을 좋아한다.

빛나는 영웅담을 수없이 듣는 것을 좋아하고, 나 자신도 그렇게 되고 싶다고 아직 바라고 있다.

애석하게도 영웅으로서의 재능은 없었던 모양이지만. 여차하면, 잘만 풀리면, 그런 마음은 가지고 있다. 알고 있겠지만, 인간이란 그렇게 간단하지 않다.

다만 영웅이 되려고 억지로 발돋움하는 것은 그만두었다.

그리고 여러모로 고민한 끝에 무기를 봉으로 바꾸고 인재 육성에 힘쓰기로 결심했다.

무기를 봉으로 삼은 것은 이것이 제일 좋다고 생각했기 때문이다. 간단하기도 하고, 이런 느낌의 몽둥이라면 어디서든 손에 넣을 수 있다. 도둑맞아도 문제없고, 순수하게 자기 실력이 나온다. 그러니까 이게 제일 좋다. 전술적인 관점에서도 검보다 조금 더 긴 무기가 좋았다. 뭐, 마검이 아니라면 뭐든 좋았지만.

인재육성 쪽으로 말하자면 속죄의 의식이 클지도 모른다.

그때까지의 나는 너무나도 타인을 가볍게 보았다.

이렇게 말하면 남을 얕봤다는 것처럼 들리지만, 말하자면 나와 타인을 주연과 조연으로 나누어 생각하고 스스로를 주연이라고 믿고 있었단 소리다. 그러니까 타인을 가볍게 악이라고 가늠하고, 앞날을 생각하지 않고 단죄할 수 있었다.

부끄럽기 짝이 없다. 모두가 자기 인생에서 주연이고, 욕심은 누구에게나 있는 것이다. 나 자신이 그랬던 것처럼. 나는 영웅이라는 존재를 동경했으니까 그 행위가 정의라고 생각했었지만, 이건 잘못됐다. 내가 쓰러뜨려 온 지배자들과 전혀 차이가 없다.

말하자면 영웅이 되고 싶다는 내 바람은 욕심에 불과했던 것이다.

그렇게 깨달았을 때, 나 자신이 영웅이 되기보다는 진짜 영웅 이야기에 등장하는 조연이라도 좋지 않을까 라고 생각하게 되었다.

아버지인 북신 칼맨도 그랬다.

용신 울펜, 갑룡왕 페르기우스와 나란히 '마신을 죽인 세 영웅'이라고 불리지만, 이야기의 측면에서 보자면 주연이 아니었다.

내 눈에는 주연이고 정말로 훌륭한 영웅이라고 생각하지만.

아무튼, 그렇기에 나 자신도 그런 포지션에 서고 싶다고 생각했던 것이지.

인재육성의 목적 중에는 '영웅의 스승이란 포지션은 멋지다' 라는 이유가 포함되어 있기도 하지만 말이지….

실제로 제자를 많이 들이고 보니 의외로 재미도 있고, 내가 잘 몰랐던 북신류라는 유파의 심오함을 간혹 보게 되었다.

체격이 그리 좋지 않은 검사가, 양팔을 잃은 검사가, 선천적으로 눈이 안 보이는 검사가, 각자 나름대로 연구해서 이길 방법을 모색한다.

내가 배운 북신류는 아버지가 어머니에게 가르친 것이다. 불사마족이 그 불사성을 충분히 발휘하면서 싸우는 것을 목적으로 한 강인한 검술이다.

그게 북신류라고 생각했는데, 본래는 힘이 없는 자, 혹은 뭔가를 잃은 자가 그런 상황에서도 전장에서 살아남을 수 있게 만들어진 것이 북신류다.

많은 제자를 들이면서 그걸 깨달았다.

그 이외에도 지금까지 머리로만 안다고 생각했던 것을 하나씩 제대로 깨닫고, 식견이 넓어지고, 많은 이들에게 존경받게 되었다.

그것은 영웅으로 추앙받던 때와는 조금 다른 존경이었지만, 왜인지 영웅으로 행세하던 때보다 기뻤다.

동시에 우연이라고는 해도 내가 무기로 봉을 선택한 것을 자랑스럽게 여기게 되었다.

위대한 아버지의 이념이 내 안에 튼실하게 뿌리를 내렸음을 깨달았기 때문이다.

그걸 깨달았을 때, 감격해서 눈물이 났던 것을 기억한다.

그 무렵부터 나 자신이 영웅이 되려는 마음은 흐려졌다고 생각한다.

그 후에 여러 일을 겪으며 아리엘 폐하의 부하가 되었다.

그녀에게 가우니스 왕 같이 영웅왕으로서의 소질이 있다고 생각했기 때문이다.

그건 틀린 생각이 아니었을 것이다.

내가 아리엘의 부하가 된 직후, 여러모로 노력해서 영걸이 모이고 아슬라 왕국은 반석의 체제가 갖추어졌다.

이런 세상이 아니었으면 역사에 이름을 남길 만한 영걸들이다.

아리엘은 그만한 영걸을 모았으면서도 전쟁을 일으키는 일 없이 부국 정책을 펼쳤다.

특히나 마법 기술에 거액의 자산을 투입하여 대신들의 얼굴을 찌푸리게 했다.

왜 반대를 사면서까지 그러냐고 물었더니, 수십 년 후에 부활할 라플라스 대책을 지금부터 시작한다고 했다.

훌륭하다. 정말 대단한 사람이다! 나는 정말 최고의 주인을 찾은 것이다!

그렇게 생각했는데, 조사해 보니 폐하의 뒤에 왠지 수상한 그림자가 간간이 엿보인다는 것을 깨달았다.

그것이 루데우스 그레이랫이다.

이 남자가 용신의 부하라는 것은 알기까지 그리 오래 걸리지 않았다. 다름 아닌 폐하가 밝혀 주었다. 자신은 용신 올스테드의 지원을 받고 있다고.

용신 올스테드의 높은 악명은 익히 들었다.

누가 말하기론, 그가 갑자기 동료의 가슴을 찔렀다.

누가 말하기론, 그가 갑자기 절벽에서 떠밀었다.

누가 말하기론, 노리던 사냥감을 그에게 빼앗겼다.

누가 말하기론, 겨우 손에 넣은 마력부여품을 그에게 빼앗겼다.

목격 정보는 그리 많지 않지만, 이따금 들은 이야기는 그런 것뿐이다.

나도 딱 한 번 그 어르신을 본 적이 있지만… 한 번 본 것만으로 공포를 느꼈다.

우리 북신과 용신은 맹우다.

북신 칼맨과 용신 울펜의 우정은 결코 빛바랠 일이 없다.

용신의 이름을 가진 상대에게 감사는 하지만, 공포를 느끼는 일은 있어선 안 된다.

오히려 나로서는 이번 대의 용신과도 우정을 다지고 싶다고 생각할 정도다.

그런데 공포를 느꼈다.

어쩌면 그런 저주일지도 모른다. 보는 이 모두를 공포에 빠뜨리는 저주다…라는 그 추측은 후에 정답이었다고 알게 되지만, 그건 넘어가자.

그런 저주를 가진 인물이기에, 부하를 보는 건 처음이었다.

루데우스 그레이랫.

그를 처음 보았을 때의 인상?

흠, 글쎄. 뭐, 연약한 남자라고 생각했지. 현명하다는 인상도 받았지만, 현자라고 하기보다는 교활함이 앞서는 타입. 말하자면 소인배다.

아리엘 폐하나 길레느에게 들은 이야기로는 더 위대한 인물이라는 느낌이었는데, 실물은 꽤나 달랐다.

그렇긴 해도 흔히 보는, 강자나 권력자에게 알랑대는 타입과도 다른 것처럼 보였다.

그런 신기한 인상이었다.

그러니까 의외로 이런 사람이 영웅으로 변할지도 모른다는 느낌도 들었다.

고로 아리엘 폐하가 루데우스에게 원군을 보낸다는 이야기를 들었을 때는 군소리 없이 받아들였다.

그리고 실제로 가슴 뛰는 싸움에 참가했다.

명왕, 귀신, 검신, 그리고 내 아들인 북신 칼맨 3세….

소용돌이치는 책략으로 시작되어 격돌하는 무력….

그야말로 내가 영웅을 꿈꾸던 때와 같은 싸움이었다.

정말이지 요즘 들어선 좀처럼 체험하기 힘든, 뜨거운 싸움이었다고 할 수 있겠지.

그렇긴 해도 반대로 말하자면, 내가 과거에 체험한 바 있는 싸움이었다고도 할 수 있다.

그렇게 생각했지만… 설마 그다음이 있을 줄은 몰랐다.

투신.

라플라스 전쟁보다 아득한 과거, 제2차 인마대전을 종결시킨 최강의 존재.

그 정체가 바로 숙부인 바디가디라고는 생각도 하지 못했지만, 저 근육 덩치는 계속 의미가 있는 듯한 태도였으니까 그럴싸하다.

어머니도 '바디는 현명한 척하지만 사실은 바보다'라고 평했다.

그걸 들은 나는, 반대 아냐? 바보인 척하는 거 아냐? 그런 걸 모르니까 어머니가 바보 소리를 듣는 거 아닌가?라고 생각했지만, 답을 알고 나니 왠지 모르게 이해됐다. 현명한 척하는 바보. 과연, 맞는 말이다.

자, 아무튼 투신 바디가디.

일화가 사실이라면 그야말로 제2차 인마대전에서 맹위를 떨친 최강의 존재.

부동의 칠대열강 제3위.

그런 상대 앞에서 나는 이렇게 생각했다.

역시 내게는 영웅의 재능이 없었다고.

왜냐면 내 이야기에 이런 전설의 존재는 나타나지 않았기 때문이다.

물론 고전하는 상대는 있었다. 강했다고 기억하는 자도 있었다. 그런 상대에게는 경의를 표하고 있다.

하지만 그래도 마검을 손에 넣은 뒤로 나는 나보다 강한 상대와 만나지 못했다.

그런데 검을 버리고, 이름을 버리고, 칭호를 버리고, 주연이라는 입장을 버리고, 조연으로서 누군가의 싸움에 몸을 던지고, 간신히 만났다.

그렇게 생각하면 역시 루데우스 그레이랫에게는 영웅의 재능이 있는 걸지도 모른다.

본인은 싫어할지도 모르지만, 영웅이란 그런 것이다.

쓰러뜨려야 할 적과 만나는 것이다.

나와 달리.

"…마음처럼은 안 되는군요."

손에 든 것은 마검이 아니라 그저 평범한 봉.

투신과 맞붙기에는 너무나도 미덥지 않은 무기다. 후에 영웅담이 되었을 때에 볼품이 없다.

"후하하하하! 인생이란 것은 그런 법이지!"

"당신이 말해도 설득력은 없습니다."

"무엇이! 나의 인생이야말로 마음처럼 안 되는 일의 연속이었는데!"

"그렇습니까? 그럼 들려주시지요. 흥미가 있습니다."

내가 영웅을 목표로 하던 무렵에는 이런 문답을 하지 않았다.

하지만 지금의 나는 조연. 시간을 버는 게 목적이라면 철저

하게 시간을 끄는 것도 역전의 전사인 자의 책무다.

바디가디는 지혜의 마왕.

겉보기와 달리 의외로 뭐든지 알고 있고, 그렇기에 남에게 가르쳐 주려는 경향이 있다.

흥미가 있다고 말하면 많든 적든 주절주절 떠들어 대겠지. 중요한 점은 은근슬쩍 넘기겠지만.

"그럴 틈은 없어. 형씨, 얼른 이 녀석을 처리하고 선배를 쫓자고."

하지만 그렇게 되지 않았다.

옆에 있는 원숭이 얼굴의 마족이 우리의 대화에 끼어들었다.

어디서 본 듯한 얼굴인 것도 같지만, 전혀 떠오르지 않았다. 생김새를 봐도 전혀 위협이 느껴지지 않았다. 대단한 인물은 아니겠지.

하지만 그 표정을 보면 심상치 않은 각오 같은 것이 느껴졌다.

이 자리에 투신과 함께 나타났으니까 당연하겠지.

"후하하하하! 알았다! 하지만 이 녀석은 과거에 영웅이라고 불리고 세상에 열광적인 팬을 가진 남자다. 어중이떠중이처럼 다루지 마라."

"그런 건 알고 있어. 하지만 형씨, 나는 하나 더 알고 있어. 지금의 북신 칼맨 2세로는 투신 바디가디에게 승산이… 만에 하나 정도는 있다는 사실을."

"호오, 만에 하나라고?"

"그래, 말빨 있는 북신에게 네가 홀라당 말려드는 패턴이."

"후하하하하! 내가 알렉스 같은 자에게 당하다니, 뜻밖이로 군."

"나 같은 자에게 당한 녀석이 말은 잘해요."

"그렇게 말할 건 없다. 네 녀석의 각오는 영웅을 목표로 신 나게 날뛴 끝에 불가능하다고 깨닫고 가볍게 체념, 조연으로 만족하며 평화롭게 사는 겁쟁이보다는 몇 배나 마음에 드니까."

"그거 기쁜 소리군."

투신이 이쪽을 돌아보았다.

아무래도 작전은 실패한 모양이다…. 그렇긴 해도 외숙부가 겁쟁이로 봤다니 조금 마음이 아프다. 이래 보여도 나 나름대로 생각해서 지금의 상태가 된 건데.

아니, 그 이상으로 이 원숭이 마족이 진지하게 숙부를 말로 구워삶은 건지도 모른다.

기스라고 했던가. 얕보지 말자.

이 남자야말로 루데우스 그레이랫이 쫓던 상대니까.

"후하하하! 그럼 간다!"

갑자기 황금갑옷이 다가왔다. 무시무시한 압력이다.

이 정도의 압력을 느낀 것은 과거 왕룡왕 카작트와 상대했을 때였던가. 아직 마검도 손에 들지 않았을 때다.

아무튼 이게 나의 마지막 싸움이 될지도 모른다.

역부족일지도 모르지만, 상대로 부족함 없다.

각오 단단히 하고 싸워 볼까?

"와라! 북신 칼맨 2세 알렉스 라이백이 상대해 주지!"

나는 그렇게 외치고 바디가디를 상대했다.

고작 5분 만에 걸레짝이 된 적이 있을까?

그것도 제법 나이를 먹어서, 나름 남에게 가르침을 주는 입장이 된 후에.

나는 있다. 바로 지금이다.

투신 바디가디는 강했다.

가끔 뭔가 있음직한 태도로 깊은 말을 하는 외숙부가 설마 이렇게 강한 줄은 생각 못 했다. 과거에 몇 번 대련했을 때에는 마왕이라고 해도 어머니 정도는 아니었었다.

그런데 고작 몇 합 주고받은 것만으로 봉이 부러지고 온몸을 두들겨 맞았다.

봉술도, 맨손 싸움도 나름 자신이 있었지만, 다 박살 났다.

최근 백 년 동안 갈고 닦은 기술은 전혀 통하지 않았다.

이것이 투신갑옷인가.

언뜻 보면 그저 힘과 속도가 증가한 것 같다.

하지만 실제로 붙어 보니, 갑옷을 통해 기술이 압도적으로 향상되었다.

애초에 바디가디의 기술이 늘어 봤자 나에게는 상대가 안 될 정도다.

맨손이든 뭐든 무너뜨릴 수 있고, 내 기술이 깨질 일도 없다.

그런데 전혀 무너뜨릴 수 없고, 어느 틈에 내 기술이 죄다 깨졌다.

생각해 보면 당연한 일인가. 갑옷이란 몸을 지키기 위한 것. 받아 내는 기술 또한 몸을 지키기 위한 것이다.

능력이 향상되는 갑옷을 걸쳤는데, 그 기술이 향상되지 않는 건 말이 안 된다.

게다가 근본적인 힘과 속도에 압도적인 차이가 있다면 도저히 당해 낼 수 없다.

쥐새끼 한 마리가 드래곤을 쓰러뜨리지 못하는 것과 마찬가지다.

쥐가 가진 독이나 병으로 드래곤이 죽는 일은 있지만, 애석하게도 저 갑옷 안에 있는 이는 세계에서 누구보다도 그런 것에 강하다.

불사마족은 죽지 않는다.

독이 오르거나 병에 걸리지만, 불사마족이 죽는 일은 없다.

즉, 내게 투신갑옷에게 통용되는 수단은 없었다. 두 손 들었다.

마검이 있으면⋯ 저 왕룡검 카작트가 있으면 어떻게든 되겠지.

그 검에는 그만한 힘이 숨겨져 있다.

하지만 힘이 부족할 때 지혜로 메우는 것이 진정한 영웅이라 생각한다.

그렇긴 해도 나는 그리 현명한 편이 아니다.

애초에 저 악명 높은 불사마왕 아토페라토페의 피가 흐르는 남자니까.

노력은 해도, 여차하면 항상 힘으로 밀어붙였다. 그래서 마검에 의존하여 평화를 빼앗게 되었다.

지금은 그것도 통용되지 않는다. 어떻게든 해야만 하는데… 아무것도 떠오르지 않는다.

하늘에 계신 아버지여, 제게 지혜를 내려 주십시오.

"아아아아아알!"

그때 익숙한 여자 목소리가 들렸다.

어머니다. 불사마왕 아토페라토페가 조금 높은 곳에 서 있었다.

그것만이 아니다. 저 멀리에 귀신의 거구도 보였다. 잘은 모르지만, 기척을 느끼고 다른 이들도 달려오는 게 느껴졌다.

"이런, 지금은 일단 물러나야 한다고….'

말하려다가 멈췄다.

적습이라는 소리를 들은 어머니가 멈출 리가 없다.

또 이 일대의 수호를 생업으로 삼는 귀신도 오겠지.

아토페와 귀신.

두 사람이 싸움을 시작한다면 내가 가세해야 한다.

내 입으로 말하기 그렇지만, 나를 포함해서 셋 다 최고의 전력이니까.

"투욱!"

그리고 눈앞에 중량 있는 것이 떨어져 내렸다.

여자다.

아니, 이 사람을 여자라고 부르기는 좀 창피한가. 여성이기는 하지만.

"아하하하하하하하!"

어머니다. 불사마왕 아토페라토페가 참전했다.

일부러 높은 곳에서 뛰어내렸다.

"나도 가세해 주지."

어머니의 행동에 하나하나 이유를 찾아선 안 된다.

불사마족이란 흥과 기세, 그리고 독자적인 룰로 움직이는 생물이니까.

"후하하하! 누이여, 아까 이 녀석은 일대일 대결이라고 했다! 마왕과 용사의 대결에 끼어들 생각인가?"

그리고 그 독자적인 룰에 '일대일 대결은 조용히 지켜보는 것'이란 것이 있었다.

"음? 그러냐?"

"아뇨, 말 안 했습니다만?"

태연히 거짓말을 하는 것도 북신류의 특기다.

"이렇게 말하는데!"

"후하하하하! 누이는 역시 바보로군!"

"시끄러! 나는 바보가 아냐!"

가령 일대일 대결이 아니었다고 해도, 어머니가 누군가에게 가세하는 일은 드물다.

상대는 마왕, 그러니까 이쪽은 용사 파티라는 느낌일까.

그렇긴 해도 정말 드문 일이다. 어머니는 마왕이라는 존재에 긍지와 고집을 가졌다.

지금까지 자신이 마왕이란 입장을 바꾸는 일은 거의 없었다.

루데우스의 부하 같은 행동을 하면서 뭔가 심경에 변화가 있었던 걸지도 모른다.

아니면 혹시 저 투신갑옷과 뭔가 엮인 과거라도 있을까.

"산도르 씨!"

그때 다른 이들도 나타났다.

루데우스 님과 에리스 님, 루이젤드 님, 크리프 님과 엘리나리제 님. 친위대장인 무어 님도 계시니 정말 든든하다.

든든하긴 하지만, 과연 이걸로 승기를 잡을 수 있을까….

아무튼 할 수밖에 없다.

"루데우스 님…."

"물러나서 치유 마술을 받으세요! 여기서 해치우겠습니다!"

그건 안 된다고 생각했다.

너무 깊이 발을 들여놓았다.

계속 뒤쫓던 숙적이 갑자기 나타났고, 언뜻 보기에는 전력도 갖추어진 것으로 보인다. 기습을 받긴 했지만, 어떻게든 상황도 정리되었다. 그렇게 생각하는 걸지도 모른다.

큰 착각이다.

그렇긴 해도 이제 와서 철수를 진언한다고 들어주진 않겠지.

왜냐면 철수한다고 해도, 딱히 작전이 없으면 궁지에 몰리기 때문이다.

그리고 그 작전이란 게 나로서는 떠오르지 않는다.

그럼 역시 여기서 싸워야만 하겠지.

결코 루데우스 님의 생각이 잘못된 게 아니다.

다만 방금 싸워 본 나로서는 안다.

지금 이 전력으로는 투신 바디가디에게 못 이긴다고.

허리춤까지 바다에 잠긴 채로 바디가디와 우리는 싸움을 시작했다.

접근전은 어머니와 귀신과 에리스 님과 루이젤드 님까지 넷.

나는 크리프 님에게 치유 마술을 받은 뒤에, 다소 떨어진 위치에서 원호했다.

압도적인 적을 상대로 전체적인 상황을 보고 판단하는 게 필요했다.

바디가디는 기스를 어깨에 올린 채로 넷을 상대하고 있었다.

힘의 차이는 역력. 기스를 어깨에 올린 채라고 해도, 바디가디는 적을 아이처럼 가지고 놀고 있었다.

"으랴아아아아!"

어머니가 짜증 내는 게 멀리서도 느껴졌다.

어머니는 저래 보여도 북신류의 고수다. 기술은 수백 년 동안 꽤나 진보했다.

게다가 불사마왕이다.

수천 년 동안 인간을 공포에 빠뜨린 마왕이니, 그 강함은 보증되어 있다.

과거의 어머니를 아는 마왕이라면 이름을 대는 것만으로도 몸을 떨 정도다.

그래도 바디가디에게는 통용되지 않는다.

다른 세 사람의 공격도 마찬가지다.

에리스 님의 참격은 눈에도 보이지 않을 정도의 속도를 가졌지만 투신갑옷을 벨 정도는 아니고, 루이젤드 님의 정확한 공격도 전혀 도움이 되지 않는다. 귀신의 파워도 통용되지 않는다.

압도적이다.

아토페 친위대도 바디가디를 멀찍이서 포위하고 마술을 날리고 있다.

얼음 화살이, 화염 화살이, 바위 포탄이, 비처럼 바디가디에게 쏟아지고 있다.

하지만 그게 명중 직전에 없어지는 것으로 보였다.

친위대가 날리는 마술은 기스에게 닿지 않는다.

저것은 투신갑옷의 능력일까, 아니면 기스가 어떤 마력부여품을 사용하는 걸까….

아마도 후자겠지.

기스에 대해 자세히는 모르지만, 루데우스 님을 잘 조사했을 것이다. 인신이 관련되었다면, 우리에 대한 대책도 당연히 마련했다고 보는 게 좋다.

즉, 저 어깨 위에 있는 기스를 빠르게 정리해야 한다는 소리.

그렇긴 해도 그리 쉽게 접근할 수 없었는데 어머니가 고전하는 모습만 봐도 알 수 있다.

"내가 먼저 마술을 쏘겠습니다! 원호를!"

루데우스 님은 한동안 싸움의 추이를 지켜보았지만, 이윽고 각오를 한 듯이 그렇게 말했다.

어딘가 겁먹은 인상이었지만, 역시나 이런 상황에서 도망치지는 않나.

"후우우."

루데우스 님의 손에 마력이 모이는 게 느껴졌다.

순간 주저함이 느껴졌는데 어머니와 귀신이 휘말리지 않도록 하려는 걸까.

표적은… 역시 기스 쪽이다.

나와 같은 결론에 도달한 모양이다.

그의 마술이라면 모습이 또렷이 보이는 상대에게 직격시키는 것은 간단하겠지.

하지만 어떤 마술을 쓸 생각일까?

루데우스 님의 특기 마술이라면 스톤 캐논과 진흙탕, 안개 정도인데…. 적어도 스톤 캐논이라면 친위대가 쏜 것도 지워졌다.

"좋아."

루데우스 님이 왼손을 머리 위로 들었다.

그 순간 주위에 돌풍이 몰아치기 시작했다. 휘몰아치는 마력이 주위에 가득 차는 것이 피부로 느껴졌다.

하늘을 올려다보니 어두운 하늘 안에 먹구름이 모이는 게 또렷하게 느껴졌다.

구름이 커졌다.

주위에 비가 내리기 시작했다.

멀리서 천둥이 울리기 시작했다.

바람이 불고 바다가 사나워지기 시작했다.

수성급 마술 '큐뮬로님버스'인가.

하지만 이 마술은 대군을 상대하기 위한 것. 투신에게 통용된다고 해도 아군의 피해도 클 것이다.

실제로 수가 늘고 파도가 거칠어지기 시작하면서, 전위로 싸우는 넷은 약간 움직이기 힘들어했다. 정말로 약간이지만.

그러니까 루데우스 님은 그다음 수를 쓰려는 거겠지.

수왕급 마술 '라이트닝'을.

그렇긴 해도 그것은 본래 '큐뮬로님버스'가 완성되기 전에 압축하여 떨어뜨리는 것이다.

하지만 구름은 더욱 넓어졌다. 용오름이 몇 개씩 일어나고, 폭풍과 비가 얼굴에 부딪쳤다.

마술에 밝지 않은 나는 모르겠지만, 싸움에 밝은 나는 안다.

오의다.

루데우스 님은 지금 오의를 쓰려는 것이다.

강풍에 에리스 님이 머리를 눌렀다.

파도가 한층 높아지고, 싸움을 계속하는 세 사람의 주위에 이른 충격파로 물기둥이 몇 개씩 일었다.

하늘은 온통 구름으로 뒤덮였다. 주위는 어둡고, 비 때문에 50미터 앞도 보이지 않았다.

나라면 알겠지만, 웬만한 검사라면 적을 놓쳐도 이상하지 않다.

하지만 그에게는 천리안이 있다.

마안은 여전히 계속 싸우는 세 사람을 바라보고 있겠지.

바디가디는 마안에 대적하는 마왕이다. 그 어깨에 있는 기스도 포함해서 잘 보이지 않는다.

하지만 아토페와 귀신 쪽은 확실히 보일 것이다.

"…읍!"

루데우스 님이 들었던 왼손을 움켜쥐었다.

등골이 서늘할 정도로 막대한 마력이 하늘로 올라갔다.

구름이 단숨에 응축되었다. 전 세계를 뒤덮는 게 아닐까 싶은 규모의 구름이 순식간에 사라졌다.

달이 보였다.

"……."

타이밍을 재고 있다.

나는 아무 말도 하지 않았다. 지금이라고도, 내 목소리에 맞추라고도.

왜냐면 루데우스 님은 알기 때문이다. 분명 빗나가지 않는다는 확신이 있었다.

그리고 어머니와 귀신이 동시에 공격했다가 동시에 날아갔다.

아주 잠깐, 두 사람과 투신 사이에 거리가 벌어졌다.

그 순간.

루데우스 님은 오른손을 내리쳤다.

"'라이트닝'."

그것은 내가 지금까지 본 어느 '라이트닝'보다도 거센 것이었다.

라이트닝은 뇌운을 압축해서 벼락을 떨어뜨리는 마술이다.

하지만 지금 떨어진 것은 벼락이 아니었다.

한 줄기의 빛기둥이었다.

그것이 출현한 순간, 주위에서 소리가 사라졌다.

비가 한순간 끊어지고, 정적과 빛이 세계를 뒤덮었다.

빛기둥 아래에 거대한 물기둥이 생겼다.

굉음.

낙뢰의 소리와 비슷한 울림이 고막을 때렸다.

"……로, ……를…… 흙의……."

그 굉음 속에 크리프 님의 주문이 짤막짤막하게 들려왔다.

루데우스 님은 거기에 반응하여 다음 마술 준비를 시작했다.

해일이 거세게 밀려들고 있었다. 그의 라이트닝의 충격은 천재지변이라고 해도 좋은 레벨의 해일을 만들어 낸 것이다.

모든 것을 쓸어 버리려는 해일은 순식간에 이쪽으로 닥쳐오고….

"'샌드 스월'."

모래 덩어리와 부딪쳐서 상쇄되었다.

루데우스 님과 크리프 님의 마술로 해일은 갈색 비가 되어 바다와 해변을 더럽혔다.

나는 그걸 지켜보고 투신을 찾았다.

눈을 부릅뜨고 황금을 찾았다.

"……."

눈에는 아무것도 비치지 않았다.

그럴 듯한 형태도 보이지 않았다.

"해치웠나?"

루데우스 님이 무심코 내뱉듯 그렇게 중얼거렸다.

중얼거리고 말았다.

그 말을 한다고 변하는 것은 없겠지만, 재수 없는 말이다.

나도 경험이 있지만, '해치웠나?'라고 중얼거릴 때는 보통 해치우지 못한 때다.

"!"

기척을 느끼고 위쪽을 보았다.

에리스 님도 루이젤드 님도 그걸 느꼈겠지.

다음 순간 눈앞에 모래 기둥이 일었다.

뭔가가 공중에서 떨어졌다. 그것은 진흙비를 뒤집어쓰고도 번쩍번쩍 빛났다.

금색으로.

"윽."

루데우스 님의 신음 소리가 들렸다.

녀석은 루데우스 님의 눈앞에 착지했다.

마도갑옷을 입은 루데우스 님보다도 더 크다고 해야 할까.

황금색 갑옷. 투구 안에는 정말로 아는 얼굴이 있을까 없을 까.

"죽는 줄 알았네."

그 목소리는 갑옷의 어깨에서 들려왔다.

진흙으로 뒤범벅이 된 원숭이 얼굴의 마족이 한 말이다. 기스 누카디아.

그리고 갑옷이 선언했다.

"내 이름은 투신 바디가디! 인신의 맹우이자 투신의 이름을 이은 자! 루데우스 그레이랫에게 일대일 결투를 신청한다!"

"거, 거절한다!"

"후하하하하! 대답은 필요 없다!"

이번에는 막을 틈도 없었다.

루데우스 님은 황금갑옷에게 얻어맞았다.

일격.

단 일격으로 마도갑옷이 산산조각 나고, 루데우스 님은 하늘을 날았다.

털썩 하고 지면에 떨어졌다.

"루데우스!"

에리스 님의 외침이 메아리처럼 울려 퍼졌다.

걸레짝이 된 사람을 본 적이 있을까.

나는 있다. 지금까지 몇 번이나 봐 왔고, 내 손으로 상대를 걸레짝으로 만든 적도 있다.

이번에는 내가 한 게 아니었다.

바로 지금 루데우스 님이, 저 멋진 마도갑옷이 나무토막마냥 조각 나서 걸레짝으로 변했다.

땅에 엎어져 쓰러졌기 때문에 그 얼굴을 볼 수는 없지만, 술집에 가면 '멋진 남자가 되었구만' 소리를 들을 정도로 걸레짝일 게 틀림없다.

그 후 십여 초 만에 다른 이들도 당했다.

어머니는 발목을 남긴 채로 터져 버려서 지금은 재생 중. 뭐, 금방 또 와하하하핫 소리를 내며 웃겠지.

귀신 님은 온몸이 멍투성이로, 팔도 부러졌다. 입에서 흐르는 피의 양을 보면 아무리 생명력 강한 귀족이라고 해도 치유 마술을 쓰지 않으면 죽겠지.

그리고 사령탑인 루데우스 님이 쓰러져서, 전체의 사기가 푹 꺾였다.

에리스 님은 루데우스 님에게 달려가서, 그 옆에서 검을 들고 계속 말을 걸고 있다.

루이젤드 님은 사령탑이 쓰러진 정도로 싸움을 멈출 만큼 약골이 아니지만, 동요한 것처럼 보였다.

크리프 님은 완전히 겁에 질렸고, 엘리나리제 님은 방패가 깨져서 앞으로 나서지 못하고 있었다.

무어 님은 어머니의 앞이니 죽을 때까지 싸우겠지만, 도망쳐야 한다고 판단한 것으로 보였다.

지금이 물러날 타이밍이다.

나는 떨어져 있던 검을 주웠다.

어머니의 검.

마왕 아토페라토페의 애검, 마계의 명공 율리안 하리스코의 48마검 중 하나.

마검 '액쇄'.

그 고집스럽고 삐딱한 대장장이 아저씨가 아버지의 명예에 바친다며 어머니에게 헌상한 명품이다.

그것을 받아들었을 때 어머니는 어쩐 일로 차분한 기색이었다고 한다. 그 후에 한시도 떼어 놓지 않고 들고 다니며, 절대로 누구에게도 쓰게 하지 않았다.

적어도 이거라면 쓸 수 있겠지.

"루이젤드 님! 무어 님!"

두 사람은 순간 이쪽을 보았다. 여유는 없지만 듣기는 하겠다는 자세겠지.

"제가 틈을 만들겠습니다! 철수를!"

영웅담에는 끝이 있다.

대개 사악한 마왕을 쓰러뜨리며 대단원의 막을 내리지만, 진실은 더 힘들고 재미없는 경우가 대부분이다.

자신보다 강대한 적에게 도전했다가, 혹은 누군가의 함정에 걸려서, 혹은 새로운 영웅의 도전을 받아서 패배하고 죽는다.

내 아버지 북신 칼맨이 그러했듯이, 아무리 훌륭한 영웅이더라도, 아무리 강한 영웅이더라도, 싸움터에 있는 이상 패배와 죽음의 가능성에서 도망칠 수 없다.

그래도 영웅은 영웅이다. 마지막에 죽는다는 걸 알아도, 사람들은 그 화려한 활약에 가슴 뛰고, 사는 모습을 가슴에 새기는 법이다.

여기에서 죽더라도 어떤 기록에도 남지 않겠지만….

아버지 북신 칼맨도 그랬다. 최후는 어떤 기록에도 남지 않는 죽음을 맞았다.

그럼 아버지를 동경하는 나도 같은 짓을 해 보도록 할까.

못 이길 상대에게 도전했다가 멋지게 죽어 볼까.

내가 그리던 죽음과는 다르지만…. 뭐, 언제나 그런 법이었다.

애초에 죽음이 헛된 일이 아니라는 건 말할 것도 없으니까.

"오른손에 검을."

오랜만에 하는 말이다. 말이 막히거나 잘못 발음하는 건 싫어….

"왼손에 검을."

두 손으로 잡았다. 배 속에서부터 온몸으로 힘이 솟구치고, 날뛰는 황금갑옷을 바라보았다.

"두 팔로 부른다. 모든 생명을 빼앗고 일억의 죽음을 부른다."

내 인생에서 몇 번이나, 이때다 싶은 때에만 했던 말.

이 말을 한 이상 패배는 허락되지 않는다고 스스로에게 말하고, 영웅을 그만둔 후로는 한 번도 쓰지 않았다.

오랜만의 그 말은 패배를 향할 때에도 놀랄 만큼 술술 나왔다.

"북신류 알렉스 라이백… 간다!"

이게 나에게 최후의 싸움이다. 전력을 다 해 볼까.

★ 루데우스 시점 ★

정신이 들었을 때에는 좋은 향기가 났다.

조금 땀내가 나지만 좋은 향기. 익숙한 향기다.

그리고 시야 구석에 빨강머리가 흔들리고 있었다.

동시에 뺨에 온기를 느꼈다. 내 뺨에 뭔가가 닿아 있었다.

"…정신이 들었어?!"

뺨에 닿았던 뭔가에서 소리가 났다.

에리스의 목소리다.

"!"

그리고 갑작스럽게 의식이 돌아왔다.

나는 지금 에리스에게 업혀 있다.

"…어떻게 됐어?"

나는 재빨리 몸을 일으키고 주위를 둘러보았다.

주위에는 몇 명이 난민처럼 걷고 있었다.

크리프, 엘리나리제, 그리고 루이젤드.

"졌어."

에리스는 짧게 말했다. 분한 기색이었다.

 그 후에 동료들은 투신에게 도전해서 완벽하게 깨졌다는 모양이다.

에리스는 일격에 기절하고, 엘리나리제의 방패는 박살 났다.

아토페와 귀신은 선전했지만, 몇 번이나 계속해서 날아갔다는 모양이다.

기절한 나를 대신해서 무어가 철수를 지시.

루이젤드가 나랑 에리스를 회수하고, 아토페와 친위대, 귀신, 그리고 산도르가 후진을 맡아서 철수에는 성공했다.

"그런가."

쇼크였다.

그렇게 간단히 패배한 게 쇼크였다.

딱히 내가 최강이라고 생각했던 건 아니다.

1식을 제일 먼저 투입했을 때조차 올스테드에게 패배했다.

무적이 아니란 건 알고 있었다.

하지만 최근에 계속해서 이겼던 건 분명하다.

아토페에게도, 알렉에게도 이겼다. 알렉과 싸울 때는 혼자가 아니었지만, 그래도 승리는 승리다.

지는 것은 항상 계산해 두었을 것이다.

하지만 한 방에 진 것은 처음이다.

일격에 박살이 나고 의식까지 날아간 건 처음이다.

…나는 바디가디를 얕보고 있었던 걸까.

투신이라고 해도 저 마왕님이 좀 살살해 줄 거라고 생각했던 걸까.

"다음은 어떻게 할 거야?"

에리스의 질문에 고민했다.

다음… 다음인가. 다음은 어떻게 할까.

만사가 끝난 건 아니지만, 하지만 저 투신에게 내가 생각한 얄팍한 술수로 이길 수 있을까.

전력은 미덥지 않다.

둘러보니 산도르도, 귀신도, 아토페도, 친위대도 없다. 죽었을 가능성도 있다.

나, 에리스, 루이젤드, 크리프, 엘리나리제… 그리고 스펠드족의 전사들인가.

그렇긴 해도 나를 전력으로 칠 순 없다. 1식을 잃은 나는 벌레 수준이다.

내가 할 수 있는 것은 끽해야 강을 만들거나 산을 만들거나 산에 불을 지르는 정도.

'세 장의 부적' 이야기와 같다.

투신은 강을 모두 삼켜 버리고, 산을 뛰어넘고, 삼켜 버린 강물로 산불을 끄면서, 쫓아올 것이다.

지금 전력으로 승산은 없다.

"도망칠 수밖에 없겠지."

"…루이젤드 씨."

루이젤드는 내 눈을 보고 말했다.

"저건 진짜 칠대열강이다. 우리가 한꺼번에 덤벼도 이길 수 있는 상대가 아니다."

도망친단 말인가.

이대로 스펠드족의 마을까지 도망치고, 그다음에… 어떻게 할까.

'세 장의 부적'에서는 도망친 절에 있는 스님이 재치로 요괴를 퇴치했다.

스펠드족의 마을에는 올스테드가 있다.

하지만… 투신 바디가디와 기스.

놈들의 목적은 내 목숨과 올스테드의 힘을 깎는 것.

올스테드도 투신과 싸우면 북신이나 검신과 싸울 때와 비교도 안 될 정도의 마력을 소비하겠지.

분명 그것은 실질적인 패배다.

그리고 놈들은 목적을 달성할 때까지 계속해서 쫓아오겠지.

세계의 어디에 있더라도 안전한 장소 따윈 없다.

"…도망쳐도, 이길 수 없어요."

"그럼, 죽을 각오로 싸울 수밖에 없지."

죽을 각오로 싸워도 지게 되면 패배다. 이긴 게 아니다.

죽으면 그걸로 끝이다.

"…루데우스, 정신 차려."

에리스가 내 손을 붙잡고 있었다.

따스하고 힘이 어린 손이다. 몇 번이나 나를 도와준 손이기도 하다. 내 아이를 안아 준 손이기도 하다.

"그래."

조금 진정하자.

생각을 하자. 이길 방법을.

그래, 일단은 정보가 필요하다.

예를 들어 투신갑옷의 약점이라든가.

하지만 투신갑옷은 라플라스가 만든 최강의 갑옷이라고 했다. 만든 본인조차도 거기에 당했다. 약점 따윈 없지 않을까.

설령 약점은 없었다고 해도, 공략법, 싸우는 방법은 있다.

그런 점에서부터 어떠한 힌트를 얻을 수 있을지 모른다.

그걸 아는 것은 누굴까.

아토페…는 없군.

올스테드일까. 그래, 그에게 물어봐야만 하겠다.

혹시 물어봐도 아무것도 알 수 없다면….

"……."

아니, 설령 모르더라도 언젠가는 싸워야 하는 상대다.

지금 싸우자. 아토페도, 귀신도, 산도르도 없다.

하지만 이길 방법은 있을 것이다.

싸운다고 해도 피해는 최소한으로 억누르고 싶다.

스펠드족의 마을을 불바다로 만들고 싶지 않다.

그곳에는 노른도 있다. 싸움에 휘말리게 해선 안 된다.

승산은 있을 것이다. 1퍼센트 미만일지도 모르지만, 그래도.

그래.

생각해 보면 나에게는 아직 비장의 수가 남아 있지 않은가.

본래는 더 이른 단계에서 쓰려고 했던, 비장의 수가.

"…숲까지 철수해서, 거기서 시간을 벌겠습니다."

거기에 걸어 보기로 했다.

"알았다."

모두가 고개를 끄덕였다.

그리고 나는 스펠드족의 마을로 돌아왔다.

내 비장의 수는 아직 오지 않은 모양이다.

예정으로는 이미 왔어도 이상하지 않을 텐데… 무슨 일이 일어난 걸지도 모른다.

기다리고 있어도 될까…. 어쩌지….

그렇게 고민되는 마음을 억누르면서 나는 올스테드의 앞에 무릎을 꿇고, 어제까지의 일을 보고했다.

"이상입니다. 귀신과 아토페, 산도르의 행방은 모릅니다."

"……."

올스테드는 엄한 표정을 하고 있었다.

"투신 바디가디인가."

"공략법은, 있습니까?"

"…없다. 나는 투신갑옷에 대해서는 알지만, 투신갑옷을 입은 바디가디와 싸운 적은 없다."

"그렇, 습니까."

예상했던 일이지만, 낙담을 숨길 수 없었다.

하지만 드러내지는 않았다.

"그럼 투신갑옷의 정보를 알려 주세요."

"투신갑옷은 라플라스가 만든 최강의 갑옷이다. 링스해의 중앙, 마신굴의 깊숙한 곳에 가라앉아 있다. 그 표면은 마력으로 인해 황금색으로 빛나고, 장착한 이에게 최강의 힘을 준다. 하지만 너무나도 강대한 마력 때문에 자아를 가졌고, 장착한 자의 의식을 빼앗는다."

"바디가디는 의식을 빼앗기지 않은 듯했습니다만?"

적어도 바디가디는 조종당하는 것으로 보이지 않았다.

내 기억 속에 있는 바디 그 자체였다.

물론 보이지 않을 뿐이지, 실제로는 조종당하는 걸지도 모른다.

아토페에게도, 산도르에게도, 무조건 싸우려 들었고.

"…완전히 빼앗기기까지 시간이 걸린다. 장착한 뒤로 시간이 흐르면 흐를수록, 의식을 투신갑옷에 지배당하고 선악의 판단이 어려워지며 싸움만을 추구하게 된다. 물론 바디가디는 마안이 통하지 않는 특수한 육체를 가졌다. 어쩌면 투신갑옷에게 조종당하지 않을지도 모르지."

바디가디는 그렇게 오랫동안 입은 게 아니란 소린가.

그렇긴 해도 어딘가에서 들어 본 방식인데….

"투신갑옷은 네 마도갑옷과 마찬가지로 몸에 걸친 이의 마력을 양식으로 움직이지만, 네 것과 달리 장착자의 생명력이 완전히 고갈될 때까지 벗을 수 없다. 바디가디가 입었다면 반영구적이겠지. 갑옷은 몸에 걸친 순간, 착용자에게 최적의 형태로 변한다. 그 경우 최적의 무기도 만들 수 있다. 사정거리는 무기에 따라 다르지만, 바디가디가 갑옷을 입었다면 원거리에서 싸우는 무기는 아니겠지. 마술은 표면에서 나오는 황금색 빛으로 거의 무효화된다…. 하지만 한계는 있다. 네가 전력으로 쏜 스톤 캐논이라면 어쩌면 통할지도 모르지."

자세하다. 어쩐 일로 자세하게도 말해 준다.

하지만, 그래, 그런가. 라이트닝보다도 스톤 캐논이 유효했나. 몰랐다고 해도 실수했군.

"이전에 올스테드 님이 싸웠을 때에는 누가 입고 있었습니까?"

"어느 해인족이다. 물론 바로 마력이 고갈되어 죽었지만."

"다른 케이스는요?"

"내가 입은 적이 몇 번, 인간이 입은 적이 한 번, 마족이 입은 적이 한 번."

몇 번이나 입었던 경험이 있나.

뭐, 하지만 몇 번이나 스스로 쓰지 않았다면 자세히는 모르려나.

"그래서 구체적으로 어떻게 하면 쓰러뜨릴 수 있습니까?"

"…모른다."

"모릅니까?"

"투신갑옷을 입으면 고통도 피로도 느끼지 않고, 항상 최고의 힘으로 싸울 수 있다. 하지만 어디까지나 억지로 움직이는 것뿐이지, 장비자의 부상을 회복하는 기능은 없다. 고로 공격이 통한다면 내구전으로 가는 게 효과적이지만…."

바디가디가 상대면 그것도 무리인가.

투신갑옷은 입은 사람이 죽을 때까지 계속 움직인다. 바디가디는 불사신.

영구기관이다.

"라플라스는 어떻게 쓰러뜨렸습니까?"

"투신갑옷의 방어치를 넘는 대출력의 마력을 쏘아서, 그 안에 든 이를 일시적으로 소멸시키고 분리했다. 그 결과 대륙에 큰 구멍이 뚫려서 링스해가 되었다."

"…그렇군요."

공격력에 따라서는 대미지를 줄 수도 있다는 소린가.

다만 그 후에 회복될 뿐이지.

하지만 그렇다면 한 가지 방법이 있다….

"하지만 당시 그 갑옷을 입은 자는 죽었다고 들었는데, 바디가디였나."

"몰랐습니까?"

"라플라스도 당시 싸움에서 누가 입고 있었는지 몰랐던 모양이다. 죽었다고 들었기에 나도 그 이상 관심을 갖지 않았다. 투신이 이렇게 내 앞에 적으로 나타날 거라고는 생각도 못 했으니까."

"그건… 과거의 루프에서 라플라스 본인에게 들은 겁니까?"

"그래. 내가 초대 용신의 아들이고, 초대 용신이 나에게 이런 저주를 건 것도 포함해서."

"하지만 라플라스는 죽여야 한다고…."

"그렇다. 인신이 있는 곳에 도달하기 위해서 오룡장은 전부 죽이고 비보를 빼앗아야만 한다."

"……."

처음으로, 확실하게, 죽여야만 한다는 말을 들은 것 같다.

역시 그런가.

그럼 역시 페르기우스의 원군은 기대할 수 없군. 나중에 배신할 생각인 상대에게 조력을 기대하는 건 나도 싫다.

여기서 그런 문답을 해 봤자 소용없다.

"네게는 불쾌한 이야기겠지만."

"…아뇨."

일단은 눈앞의 일을 생각하자.

우선 바디가디.

인신도 자기 미래를 예지하면서 행동한다면, 바디가디처럼 멋대로 움직이는 말은 간단히 쓰지 않겠지.

어쩌면 이게 인신이 가진 진짜 비장의 카드일지도 모른다.

지난번에 오랜만에 보았을 때에는 꽤나 절박한 기색이었고.

투신 바디가디.

바디가디는 원래 인신의 사도였다.

지금까지의 루프에서 인신이 바디를 쓰지 않았던 이유는 모르지만, 이번에는 싫더라도 억지로 꺼냈다고 생각하자.

뭐, 지금까지의 루프에서 일어나지 않았던 일이라면 보나마나 내가 이유겠지만.

"그래서 어쩔 생각이지?"

"싸우겠습니다. 도망칠 곳은 없습니다."

"알았다. 내가 나가지. 붙어 본 적은 없지만, 못 이길 것은 없겠지."

올스테드는 그렇게 말하고 일어섰다.

하지만 나는 그것을 제지했다.

"아뇨, 기다려 주세요."

올스테드는 다시 앉았다.

가면 때문에 얼굴이 보이지 않지만, 꽤나 무연한 표정인 건 알겠다.

"여기서 올스테드 님이 마력을 소비하면 결과적으로 패배입니다. 전혀 의미도 없습니다."

"여기서 네가 죽어도 패배겠지. 전혀 의미도 없다."

"…뭐, 그것도 그렇습니다만."

지금을 취할까, 나중을 취할까.

하지만 지금까지 애써 왔다. 하다못해 진짜로 틀렸다고 생각될 때까지는 버티고 싶다.

"하지만 올스테드 님이 싸워야 한다고 해도, 그 전에 투신의 힘을 약하게 하는 정도는 할 수 있을 겁니다."

"…그러다 죽는다."

"그때는 남은 가족을 부탁드립니다."

죽고 싶지 않다. 살아서 돌아가고 싶다.

하지만 분명 여기가 제일 중요한 순간이겠지.

투신은 기스와 인신의 마지막 수다.

아직 수는 남아 있을지도 모르지만, 명왕, 검신, 북신, 귀신, 모두 쓰러뜨리고 이 상태.

사도도 마지막 하나. 숨겨 둔 카드는 모두 공개되었다.

여기서 투신을 쓰러뜨릴 수 있으면, 저쪽은 정말로 괴롭겠지.

버티고 싸우고 이겨야만 한다.

"알았다. 하지만 못 이긴다고 생각되면 바로 철수해라. 알겠지?"

"감사합니다."

나는 고개를 숙인 후 일어섰다.

"그리고… 록시에게서 연락은 왔습니까?"

"아직이다."

"그렇습니까. 혹시 오면 바로 부탁드립니다."

올스테드가 끄덕이는 것을 보고 나는 밖으로 나갔다.

그곳에는 전사들이 기다리고 있었다.

날카로운 눈빛으로 살기를 뿜어 대는 에리스.

영롱한 자세인 루이젤드.

흥분과 긴장, 그리고 공포가 뒤섞인 얼굴의 크리프.

그런 크리프를 지키려는 표정인 엘리나리제.

산도르가 쓰러졌다는 말을 듣고 울 것 같은 도가.

지난번 싸움에서 옷가지가 다 날아갔기 때문에 스펠드족의 민족 의상을 입은 자노바.

그리고 스펠드족의 마을을 지키려는 전사들.

이 멤버.

솔직히 미덥지 않다.

산도르와 아토페, 귀신이 빠진 구멍은 크다. 그들은 이른바 준칠대열강, 여기에 있는 멤버보다도 한 등급, 두 등급은 강한 이들이다.

하지만 귀신과 붙어 볼 만했던 도가와 자노바가 남아 있다.

바디가디는 접근전 타입이다. 그렇게 궁합이 나쁘진 않다. 귀신을 상대로 열세였던 두 사람이니 궁합이 나쁘지 않다고 해도 얼마나 의미가 있을지 모르지만, 꼭 불리한 조건만 있는 건 아니란 소리다.

이 멤버로도 하루나 이틀 정도는 시간을 벌 수 있을지도 모른다.

하지만 그런 단시간에 나의 비장의 카드가 돌아올 가능성은 적다.

그리고 그 비장의 카드를 써서 이길 수 있다는 보증도 없다. 공연히 동료를 죽이게 될 뿐일지도 모른다.

"가자."

하지만 나는 걸어갔다.

방책은 있지만, 승산은 없다.

내 판단이 옳다는 보증도 없다. 함정을 팔 시간만큼은 있지만, 그걸로 이길 수 있는 상대도 아니다.

"……."

모두 다 말없이 내 뒤를 따랐다.

나는 투신과 싸운다.

제2화 비장의 카드

투신이 나타나기까지 꼬박 이틀의 시간이 걸렸다.

아토페와 다른 이들이 막아 준 덕이겠지.

다만 그들은 돌아오지 않았다. 불사마족이 그리 쉽게 죽을 거라곤 생각하지 않지만… 하지만 투신을 쫓아올 수 없을 정도의 대미지를 입은 건 틀림없겠지.

아무튼 덕분에 준비를 할 수 있었다.

투신은 곧장 왔다. 모습을 숨기지도 않고, 서두르지도 않고.

느긋하게 나타났다.

기스를 그 어깨에 올리고.

우리가 뭘 하든 막을 수 없다고 말하듯이.

★　★　★

첫 번째 싸움은 숲의 입구 근처에서 벌어졌다.

내가 선 위치는 숲의 입구에 만든 거대한 성벽 위다.

높이는 10미터 정도, 길이는 2킬로미터 정도.

숲을 지키듯이 만든 성벽 위에서 마술을 퍼부었다.

스톤 캐논이다.

하다못해 기스만 떨어뜨릴 수 있다면, 하는 마음으로 숫자를 늘려서 쏘았다.

바디가디를 상대로 천리안은 통하지 않는다.

이유는 올스테드도 모르는 모양이니까, 아마도 바디가디는 그런 신의 아이든가, 아니면 과거에 뭔가를 한 결과 마안에 대한 내성을 손에 넣었다고 봐야겠지.

거리는 멀었지만, 금색은 눈에 띈다.

게다가 나는 이 세계에 태어나서 지금까지 스톤 캐논을 계속 써 왔다.

명중탄은 나왔다.

열 발 중 한 발은 명중했다.

하지만 대미지가 안 된다는 건 멀리서 봐도 알 수 있었다.

직격을 맞추면 황금갑옷에 구멍이 나지만, 바로 수복되었다. 관통도 없었다.

시간을 끌 정도도 안 되는 모양인지, 투신은 방어도 하지 않고 걸어왔다.

거리에 따른 위력 감퇴도 있겠지.

역시 가까이서 쏘지 않으면 안 되는 모양이다.

참고로 기스에게도 한 방 맞췄다.

멀어서 잘 안 보였지만, 맞은 순간 어깨에서 떨어졌으니 확실히 맞았다고 생각된다.

물론 아무 일도 없었던 듯이 일어났으니, 대미지는 거의 없었던 모양이다.

다만 기스도 경계한 건지, 투신의 어깨에 올라가지 않고 그 뒤쪽에 있었다.

더 가까이서 쏘면 기스를 즉사시킬 만한 대미지가 나왔을지도 모르지만, 라이트닝으로 쓰러뜨릴 수 없었던 것을 생각하면 기스 자신도 마술에 대한 내성을 얻었다고 봐야겠지.

결국 제대로 발을 묶을 수는 없었다.

나는 투신이 충분히 접근했을 때 불 마술로 성벽 바깥쪽을 불태우고 숲 안쪽으로 후퇴했다.

필요 이상으로 접근할 생각은 없었다.

"하지만 여기까지는 계산대로."

성벽이 파괴되는 것을 확인했을 때, 내 입에서 중얼거림이 흘러나왔다.

응. 이렇게 될 것은 알고 있었다. 그걸로 녀석을 쓰러뜨릴 수 있을 리가 없다.

투신이 숲에 들어왔을 때, 숲 전체를 뒤덮을 만큼 광범위한 안개를 만들어 냈다.

또한 같은 사이즈의 진흙탕도 같이 설치했다.

정찰과 교란은 루이젤드가 이끄는 스펠드족 전사들에게 맡겼다.

마안은 효과가 없는 모양이지만, 스펠드족의 눈은, 감각은 확실히 투신을 포착하고 있었다.

효과는 있었다.

보고에 따르면, 스펠드족의 게릴라전과 안개 덕분에 투신은 길을 잃었는지 몇 시간 동안 안개 속을 우왕좌왕했다.

이대로 길을 잃고서 숲의 출구 쪽으로 나가 버렸으면 좋겠다.

그렇게 바라면서 나는 안개와 진흙탕 마술을 광범위로 계속 걸었다.

"투신이 진행 방향을 정했다."

하지만 어느 타이밍에 루이젤드의 보고가 들어왔다.

투신의 발걸음이 똑바로 지룡 계곡을 향하게 되었다고.

아마도 기스의 짓이겠지.

바디가디 혼자라면 몰라도, 기스는 안개 낀 숲속을 나아가는 방법을 아는 모양이다.

안다고 해도 실제로 갈 수 있느냐 하는 의문이 있지만, 어떤 마도구나 마력부여품을 썼다고 생각하면 이상하지 않다.

아니, 마도구라면 몇 시간이나 우왕좌왕할 일이 없다.

짙은 안개와 진흙탕 속에서 구식 수단으로 시간을 들여서 위치와 방향을 정한 거겠지. 기스라면 아마 그걸 할 수 있을 것이다.

짙은 안개와 진흙탕, 스펠드족의 게릴라전.

그것으로 발을 묶은 시간은 고작 세 시간 정도일까.

사망자는 세 명.

너무 가까이 접근한 스펠드족 전사가 투신에게 당했다.

하지만 그 죽음에 의미는 있었다.

그들이 막아 준 덕분에 해가 졌다.

그와 동시에 투신은 움직임을 멈추었다. 태양열 발전도 아니겠지만, 밤에는 움직이기를 멈춘 모양이다.

하지만 나는 멈추지 않는다.

나는 짙은 안개와 진흙탕을 멈추지 않고, 또한 게릴라전도 멈추지 않았다.

블래스트 캐논으로 원거리 공격을 했다.

대미지를 기대하고 한 게 아니다.

다만 잠을 재우지 않고 쉴 수 있게 내버려 두지 않으려는 것이었다.

바디가디에게는 효과가 약하겠지만, 기스에게는 의미가 있겠지.

그렇게 생각하면서 첫날은 끝났다.

둘째 날은 첫날의 후반과 같은 짓을 하면서 하루를 꼬박 써서, 투신을 지룡 계곡으로 유인했다.

셋째 날 동틀 무렵.

나는 계곡을 넘은 위치, 절벽 근처에 만든 성벽 위에서 어둑어둑한 숲을 노려보고 있었다.

근처에는 루이젤드가 나와 마찬가지로 눈을 부릅뜨고 있었다.

지룡 계곡이라는 지형은 방어에 아주 유리하다.

깊이는 1킬로미터 이상 되는 계곡 밑바닥.

처음에 건널 때에는 깨닫지 못했는데, 스펠드족의 마을 쪽 절벽이 더 높았다.

기본적으로 싸움이란 높은 곳을 차지한 자가 유리하다. 높은 곳에서는 잘 보이기도 하고, 중력이 있는 만큼 내려가는 것보다 올라가는 편이 운동 에너지를 소비한다.

그렇게 생각하여 스펠드족의 마을 쪽 절벽 가장자리에 흙 마술로 성벽을 만들어 두었다.

높이는 20미터 살짝 안 되는 정도, 숲의 입구에 만든 것보다 길이는 짧지만, 계곡이 좁은 곳은 여기뿐이니까 문제없다.

다리가 놓인 곳에 입구로 구멍을 뚫어 두었지만, 다리를 무너뜨린 시점에서 플러스마이너스 제로다.

이거라면 귀신 때처럼 뛰어서 넘는 바람에 갑자기 접근전이 시작되는 일은 없다…고 생각된다.

투신의 능력을 얕보는 건 아니지만, 이 성벽은 단시간에 준비할 수 있는 최고의 높이와 강도다.

이걸 뛰어넘는다면 체념할 수밖에 없다.

가령 뛰어넘지 못한다면, 벽면에 달라붙더라도 바로 위에서 스톤 캐논을 날려 줄 수 있다.

마술은 무효화된다지만, 지형 변화까지 무효화할 수 있는 건 아니라는 사실은 지금까지의 싸움에서 파악했다.

또한 서전에서 확인한 덕분에 스톤 캐논으로 충분한 효과가 있다는 것도 알았다.

벽면에 달라붙은 상태에서 기스에게 스톤 캐논을 먹이면, 아무런 힘도 없는 기스는 계곡 밑으로 떨어진다.

그게 아니더라도 위에서 대량의 물을 만들어 내면 그 힘으로 휩쓸어 떨어뜨리는 것도 가능할지 모른다.

기스는 쓸모 있는 남자지만, 정면 대결에는 무력하다.

하지만 책략이 통할 것 같은 바디와 지략에 능한 기스.

궁합으로는 최고다.

계곡 폭이 좁은 여기로 유도하는 것은 리스크도 있다.

하지만 내가 모르는 곳에서 멋대로 계곡을 뛰어넘어서 옆에서 공격해 오는 상황보다는 낫겠지.

계곡 위에는 나와 크리프와 루이젤드, 그리고 스펠드족 전사.

나머지 스펠드족은 성벽이 없는 위치에 같은 간격으로 배치했다.

만에 하나, 성벽 이외의 장소를 뛰어넘었을 경우, 바로 탐지할 수 있도록.

성벽 바로 뒤에는 에리스와 다른 이들이 대기하고 있다.

여기를 뚫리면 총력전이다.

시간은 최대한 벌었다.

본래 직선으로 하루인 거리를 사흘.

이틀은 벌었다.

하지만 아직 록시에게서 연락이 없다. 시간 벌이는 헛수고였을까.

그래도 계속 시간을 번다는 입장을 바꿀 생각은 없다.

항구 도시에서의 싸움으로, 정면에서 붙어선 못 이긴다는 것을 알았으니까.

비장의 카드에 걸고 싶다.

"……."

동이 텄다.

어느 타이밍에 움직일지는 모른다.

나와 함께 숲을 바라보는 스펠드족이 있지만, 적이 야영하는 곳은 스펠드족의 탐지 범위 밖이다.

마음을 놓을 수 없다.

그렇게 생각했을 때 루이젤드가 말했다.

"…왔다!"

나는 어둑어둑한 숲속을, 최대한 눈을 부릅뜨고 노려보았다.

보였다.

콩알 정도의 크기지만, 숲에 누군가가 서 있었다.

하지만 금색은 아니다. 하얀 로브를 걸친 누군가. 저 로브의 느낌, 기억에 있다.

기스다. 다른 사람일 가능성도 있지만, 기스로 보였다.

"저건?"

"기스다."

눈을 부릅뜨고 있던 루이젤드가 그렇게 단언했다.

저기는 제3의 눈의 범위 안.

그럼 상당한 확률로 기스겠지.

계곡 가장자리 아슬아슬한 곳이 아니라, 숲 안쪽, 덤불 안에서 우리를 엿보는 듯했다.

아직 어두운 탓에 알기 어렵지만, 분명히 기스로 보였다.

그리고 근처에 금색은 보이지 않았다.

기스 혼자다.

"엥?"

혼자.

혼자서 정찰이라도 나왔나?

기스라면 내가 어떤 마술을 쓸지 알 텐데, 천리안을 가졌다는 것도 알 텐데, 스펠드족이 있는 것도 알 텐데, 혼자서?

자신이 있나? 아니면 근처에 바디가디를 대기시켰나?

아니, 계곡은 기껏해야 100미터, 그렇게 금방 원호할 수 있는 거리에 있다면 루이젤드에게 보일 것이다.

이런 상황이라면 내 공격으로 해치울 수 있지 않을까?

"!"

그런 마음에 심장이 빠르게 고동쳤다.

스톤 캐논은 닿는다.

기스는 이쪽을 엿보는 듯했지만, 내 모습은 보이지 않는 기색이었다.

맞출 수 있다.

100미터.

높이와 위치를 보태도 120미터는 안 될 터.

잘만 겨누면 확실히 닿는 거리다.

"……."

할까?

아니, 하지만 다른 이라면 어쩌지? 하얀 로브를 입은, 그냥 길을 잃고 숲에 들어온 모험가라든가.

…아니.

어제는 짙은 안개와 진흙탕으로 숲속을 엉망으로 만들었다. 여기까지 올 수 있을 리가 없다.

어제 단계에서 이미 숲 근처에 있었다고 해도, 스펠드족의 레이더에 걸렸을 터.

지금 기스를 해치울 수 있다.

어떻게 하지?

확실히 덫이다. 하지만 어떤 덫이지?

지금 나는 공격할 수 있다. 저쪽은 뭘 할 수 있지? 나에게 공격을 허용하는 것으로 유리해지는 뭔가가 있나?

예를 들어서 저기에 보이는 것은 기스인 것 같지만 다른 사람.

내 동료나 가족일 가능성은 어떨까?

아니, 그건 아니다. 무리다. 어제까지의 시점에서 두 명이었다.

갑자기 데려올 수 있을 리가 없다.

그럼 기회 아닐까?

나는 지금까지 시간 벌기를 주로 하며, 적극적으로 공격하지 않았다.

항구에서부터 지금까지 저쪽은 쾌속 진격이다. 기분파인 바디가디와 함께 여행, 낙승 무드가 떠돌 가능성도 있다. 방심하여 고개를 내밀었을 가능성은 없지도 않나?

　공격하는 것은 아주 쉽고, 리스크는 적다.

　공격하지 않을 이유는 없지 않나?

　나로서는 죽으면 안 되는 상대를 어떤 방법으로 저기에 세워 뒀을 가능성도 있다.

　하지만 전략적으로 그럴 의미는?

　내가 여기서 공격하지 않을 의미는?

　…혼란스럽다.

　함정일 것 같기도 하고, 적어도 내가 공격할 디메리트가 떠오르지 않았다.

　"……."

　좋아.

　쏘자. 덫일지도 모르지만, 쏠 뿐이라면 디메리트는 없다.

　대처한다면 하라지.

　"…공격하겠습니다."

　"알았다."

　오른손에 마력을 집중시켰다.

　위력이나 속도보다 정확도를 중시한다. 여전히 천리안에는 비치지 않지만, 천리안으로 풍경을 비추면서 예견안의 마력을 껐다 켰다 하면서 착탄점을 예측.

　빗나갔을 때를 대비해 블래스트 캐논으로 했다.

쏘기 직전에 순간 망설였다.

하지만 한순간의 망설임 후에 스톤 캐논은 내 손가락에서 날아가고, 거의 일직선이라고 해야 할 궤도로 계곡 너머로 빨려들었다.

소리는 없었다.

계곡 너머의 그림자는 착탄과 동시에 실이 끊어진 인형처럼 털썩 쓰러졌다.

그걸 끝으로 움직이지 않았다.

명중이다.

맞았단 느낌이 있었다.

"……."

아무 일도 없었던 것처럼 시간만 흘렀다.

쓰러진 그림자는 움직이지 않는다.

아침노을 속에서 조용한 숲이 술렁대는 소리밖에 들리지 않았다.

10분. 20분. 정확한 시간은 모르지만, 담담히 시간만 흘러갔다.

그런 가운데 내 안에 어느 감각이 싹텄다.

'확인하고 싶다.'

내가 쏘고 저기서 쓰러진 게 누군지 확인하고 싶다.

기스인가, 아니면 다른 무엇인가.

죽었을까, 안 죽었을까. 뛰어가서 확인하고 바로 돌아온다.

그것뿐이라면 괜찮을 거란 생각이 생겨났다.

하지만 동시에 깨달았다.

이건 함정이다.

공격을 하게 만드는 게 아니라 지금 이 감각에 빠뜨리는 것이 기스의 작전이라고.

혹시 여기서 쓰러진 게 기스 본인이고, 빈사고, 마무리를 가하면 이길 수 있는 상황이라도.

혹시 저기 쓰러진 게 어느 틈에 붙잡힌 실피고, 어떤 방법으로 루이젤드의 눈을 속여서, 지금 당장 구하지 않으면 죽는 상황이라도.

보러 가면 투신이 나타나고 내가 죽는 형태가 된다.

보러 가면 안 된다.

"……."

한 시간이 경과했다.

불안해졌다. 돌이킬 수 없는 실수를 저지른 게 아닐까. 역시 여기선 쏘면 안 되는 것이었을까. 저걸 쏘게 해서 나를 여기에 묶어 두는 게 목적이 아니었을까.

지금쯤 다른 장소에서 계곡을 넘은 게 아닐까.

아니, 일단 다른 스펠드족 전사가 계곡 곳곳에서 감시를 하고 있다.

그들을 믿자.

그렇게 두 시간이 경과했다.

사실은 확인하는 게 좋지 않을까. 확인하면 기스의 다음 행동을 예측할 수 있는 게 아닐까. 나는 핑계를 대며 확인하는 것에서 도망칠 뿐 아닐까.

세 시간이 경과했다.

아무런 움직임도 없다. 여러 패턴이 떠오르고 사라졌다. 슬슬 지치기 시작했다.

이렇게 지치게 하는 게 기스의 작전이라면 작전 성공이다.

네 시간이 경과했을 무렵, 나는 확신했다.

저건 사체다.

네 시간이나 움직이지 않았으니 사체가 틀림없다.

하지만 누구의 사체일까. 기스가 죽었는데 바디가디가 움직이지 않는다는 게 가능한 일일까.

이럴 때 록시가 있었다면 뭔가 건설적인 의견을 말해 줄지도 모른다.

크리프에게 물어보았더니 생각에 잠긴 얼굴로 고개만 내저을 뿐이었다.

여섯 시간이 경과했다.

가볍게 점심을 먹고 계속 사체를 지켜보았다.

움직이지 않는다.

여덟 시간이 경과했다.

오후가 되었다. 해가 서서히 떨어지기 시작했다. 너무 긴장했던 탓인지 피로가 심해졌다.

혹시, 혹시 해가 완전히 저물 때까지 아무 일도 없으면 보러 가자고 생각했다.

열 시간이 경과했을 무렵, 루이젤드가 조용히 말했다.

"루데우스, 왔다."

놀라서 숲 쪽을 보았다.

금색으로 빛나는 갑옷이 숲에서 나오고 있었다.

금색 갑옷이 다가오자, 사체가 부스스 일어났다.

그리고 뭐라고 말하는 건지 서로 얼굴을 맞대고 잠시 후에 이쪽을 보았다.

어깨를 으쓱이는 게 느껴졌다.

저 모습, 틀림없이 기스다.

그들은 곧바로 숲 안쪽으로 돌아갔다.

한동안 또 침묵이 찾아왔다.

"……휴우."

역시 함정이었다.

저건 기스였다. 기스는 스스로를 미끼로 삼아서 나를 유인하려는 것이었다.

위험했다.

아무튼 조금만 더 있으면 밤이 된다.

스펠드족들에게 감시를 맡기고 나는 좀 자야겠다. 정신적으로 지쳤다.

일몰과 동시에 놈들이 올지도 모르지만, 잠깐 눈이라도 붙여두자.

"조금 쉬겠습니다."

그렇게 생각하면서 나는 모포로 몸을 감쌌다.

이렇게 사흘째가 끝났다.

사흘째 날 밤.

아무래도 저쪽도 이쪽의 성벽을 보고 어떻게 공격할지 고민하는 모양이다.

단순히 이 성벽을 뛰어넘을 수는 없는 눈치다.

그리고 성벽을 뛰어넘지 못하면 기스를 지킬 방도가 없다는 내 생각도 적중한 모양이다.

왜 그러냐면 계곡 저쪽에서 포탄이 날아왔기 때문이다.

처음에는 거대한 바위였다.

그것들은 모골이 송연할 정도의 속도로 벽에 착탄하여 일부를 파괴했다.

그 후에 통나무나 바위 같은 게 무시무시한 속도로 차례차례 날아왔지만, 굉음에 깨어난 내가 모두 요격하여 커다란 피해로 이어지진 않았다.

벽을 어떻게 하지 않으면 돌파할 수 없다.

그렇게 생각했기에 취한 행동이겠지.

물론 투신의 지금까지의 싸움을 보면 혼자라면 무리해서라도 돌파할 수 있겠지.

역시 기스 때문이다.

기스를 두고 도약하면 돌파할 수 있다.

하지만 가령 뒤쪽에서 추격이 오면 기스의 목숨은 없다.

물론 숲 밖에서 오는 원군은 없지만…. 아니, 아토페라면 혹시나 부활해서 쫓아올 가능성도 있을까.

그런 걸 두려워하는 걸지도 모른다.

그게 아니더라도 숲 쪽에 스펠드족 전사를 한 명이라도 두면 충분하다.

…하지만 그것도 어제 일로 들켰을지 모른다.

내가 가지 않더라도 감시가 가면 되는 일이지.

…슬슬 인내심이 바닥나서 투신이 혼자 뛰어들어도 이상하지 않다.

그리고… 비장의 카드는 아직 오지 않았다.

나흘째 날.

해가 뜨는 동시에 투신은 나타났다.

내 예상대로 혼자서. 귀신처럼 도움닫기를 하고 뛰어서. 그리고 성벽보다 약간 아래쪽에 달라붙었다.

예상대로.

그래, 예상대로였다.

투신의 등에 기스는 없었다.

나는 그걸 확인한 순간, 계곡 너머를 향해 마술을 날렸다.

광범위에 걸친 '플래시 오버'.

숲은 순식간에 화염에 휩싸였다.

효과가 어느 정도인지는 모른다. 확인할 틈도 없다. 산불처럼 타오르는 숲을 지켜보면서도 눈앞의 적에 집중해야만 하기 때문이다.

투신은 여섯 개의 팔로 거미처럼 순식간에 성벽을 올라왔다.

나와 크리프는 그걸 떨어뜨리기 위해 위에서 스톤 캐논과 대량의 물구슬을 쏘았지만, 언 발에 오줌 누기.

투신은 압도적인 속도로 성벽을 뛰어올라왔다.

"크리프! 틀렸어요, 후퇴합니다! 루이젤드 씨! 부탁합니다!"

"알았다!"

나와 크리프는 루이젤드에게 안겨서 성벽에서 물러났다.

물론 투신이 성벽을 넘어오는 순간을 기다리진 않는다.

내려선 순간, 나는 마술을 써서 성벽을 무너뜨렸다.

거대한 성벽을, 계곡 쪽으로 향해.

헛수고였다.

천천히 쓰러지는 성벽은 다이너마이트라도 쓴 것처럼 폭발했다.

거대한 바위가 허공을 나는 가운데, 금색 갑옷이 뛰어오르고 있었다.

쏟아지는 바위.

나는 그것들을 마술로 대처하면서 투신에게서 눈을 떼지 않았다.

내 바로 옆 5미터도 안 되는 지점에 투신은 내려섰다.

"흠."

그리고 천천히 돌아보았다.

"그럼 다시 한번."

위쪽 팔로 팔짱을 끼고, 가운데 팔로 나를 가리키고, 아래쪽 팔로 허리를 짚고.

바디가디는 나를 보았다.

"내 이름은 투신 바디가디! 인신의 맹우이자 투신의 이름을 이은 자! 루데우스 그레이랫. 자네에게 결투를 신청한다!"

"그 전에 묻고 싶습니다!"

나는 재빨리 외쳤다.

무시하고 공격이 올 가능성은 있었지만, 그래도 외쳤다.

"바디 폐하! 당신은 왜 인신에게 가담하는 겁니까! 맹우라는 건 뭡니까! 당신은 이전에 인신에게 속았던 것 아니었습니까?!"

"속았지! 나는 라플라스에게 죽을 위기인 키시리카를 구하기 위한 일이라는 말에 속아서 이 갑옷을 입고 라플라스를 죽이고 키시리카마저 죽였다!"

"그런데 왜!"

"인신은 그때의 일을 고개 숙이며 사과했다! 그러면서 협력해 달라고 부탁해 왔다! 그럼 나는 싫다고 할 수 없지!"

인신이 사과했어?

거짓말이다. 녀석이 사과할 것 같지 않다. 가령 사과했다고 해도 히죽대면서 '아하하, 그때는 미안했어' 정도의 사과겠지.

"또 속는 겁니다!"

"상관없다! 속더라도 사과할 때마다 용서하면 되는 거다! 나는 불사신! 키시리카도 부활했다! 그러니 사과를 해 온다면 더이상 화근은 없다! 이 이상 바라는 것이 있을까!"

너무 관대하다.

너무 인자한 말을 하는 것 같다.

나도 사소한 거짓말이라면 용서해 줘도 좋다고 생각한다.

하지만 나는 가족이 죽은 것을 사소한 일로 치부할 수 없다.

나는 불사마족이 아니다. 상식이 다르다. 애초에 키시리카는 부활하지 않았나.

"이쪽 편으로 넘어올 수는 없습니까?"

"소용없다! 애초에 나는 용신 편이 아니다. 하지만 이 싸움에서 네가 이긴다면 생각해 보지!"

싸워서 욕구를 만족시켜라.

이 점은 아토페와 비슷하다.

생각해 보면 이 마왕님과 처음 만났을 때도 결투장이었다. 그때는 이겼던가 졌던가. 적어도 바디가디가 좋게 봐주는 결과로 끝났다.

그러니까 그는 나를 잘 대해 준 거겠지.

분명 마왕에게 싸움이란 그런 것이겠지.

"…알겠습니다. 결투를 받아들이겠습니다."

하지만 지금 선언.

바디가디는 '일대일' 이란 말을 빼먹었다.

"이 자리에 있는 전원이 상대하죠."

에리스, 엘리나리제, 자노바, 도가가 내 뒤의 덤불에서 모습을 보였다.

또한 계곡의 다른 장소를 지키던 스펠드족도 속속 집결했다.

총력전이 시작되었다.

전위 탱커로 도가와 자노바.

전위 어태커로 에리스와 루이젤드.

중위 서포트는 엘리나리제와 스펠드족의 전사단.

후위 어태커로 나, 후위 힐러로 크리프.

진형은 스탠더드.

전법도 스탠더드다.

기본적으로 도가와 자노바가 공격을 받아 내고, 에리스와 루이젤드가 공격한다.

전투력이 뒤지는 엘리나리제와 스펠드족의 전사단은 때때로 뒤로 돌아가서 교란한다.

자노바와 도가 이외는 한 방이라도 맞으면 즉사할지도 모른다.

애초에 그 두 사람도 직격을 맞으면 죽을지도 모른다. 하지만 그 점은 서로 커버하면서 직격을 피했다. 직격을 피해도 골절이나 기타 부상을 입지만, 그건 모두 나와 크리프가 치료한다.

크리프는 치료에 전념.

나는 치료하는 와중에도 스톤 캐논을 날려서 투신에게 대미지를 주거나 공격을 어긋나게 했다.

예견안에 바디가디는 비치지 않는다.

그래도 천리안의 마력을 끊고 주위 아군의 움직임을 예견안으로 보면서 예측을 할 수는 있다.

이런 짓을 하는 건 처음이다.

연습도 하지 않았고, 훈련도 하지 않았다.

하지만 왜인지 가능했다.

한쪽 눈을 감고 싸운다는 감각 속에서, 적의 움직임도, 아군의 움직임도 알 수 있었다.

오히려 평소보다 자연스럽게 움직인다는 느낌마저 있었다.

어디까지나 아군의 서포트가 중심이기 때문일까. 아니면 바디가디의 움직임이 솔직하기 때문일까.

적어도 바디가디에게 알렉산더 정도의 기술은 없다.

알렉산더는 에리스, 루이젤드, 산도르에게 포위되어서도 거의 상처 없이 계속 싸웠다.

하지만 바디가디는 다르다. 머릿수의 차이도 있지만, 거의 모든 공격을 그 몸으로 받아 내고 있다.

괜찮은 느낌이다.

적의 움직임은 잘 보이고 예측도 된다.

하지만 이긴다는 비전이 보이지 않았다.

바디가디는 공격을 모두 몸으로 받아 내고 있다. 언뜻 보면 우리가 우세한 것처럼 보인다. 언뜻 보면 느낌 좋게 대미지를 주고 있는 것 같다.

하지만 그것뿐이다.

에리스가 베어도, 루이젤드가 찔러도, 금방 수복된다.

황금갑옷이 생물처럼 꿈틀거리며 순식간에 구멍을 메웠다.

아마 갑옷 안에서도 회복이 진행되는 거겠지.

대미지는 없다.

그리고 피로도 없다.

알렉산더처럼 언뜻 보면 낙승으로 보이면서 사실 피로가 쌓이는 일도 없다.

그저 계속 싸우면 싸울수록 우리가 불리해진다.

승기는 없다.

그래도 버틸 수는 있다.

이 진형으로 있는 이상, 갑자기 누가 쓰러지지 않는 이상, 버틸 수 있다.

평범하게 맞부딪치는 것보다는 이러는 편이 몇 시간뿐이지만 버틸 수 있다.

버텨서 그 결과가 어찌 될지는 모르지만, 계속 버틴다.

하지만 역시 무리였다.

처음으로 쓰러진 건 스펠드족의 전사단이었다.

그들은 결코 약한 게 아니지만, 루이젤드와 비교하면 몇 단계 뒤진다.

그들은 수백 년 동안 싸움다운 싸움을 하지 않았다.

어쩌면 라플라스 전쟁 때 태어나지도 않은 전사도 있었겠지.

태어난 이후로 인비지블 울프만 계속 사냥해 온 전사는 투신과의 싸움을 따라올 수 없었다.

빗에서 이가 빠지듯이 그들은 한 명, 또 한 명 전투 불능에 빠졌다.

한눈에도 즉사인 이, 중상이지만 아직 싸울 수 있는 이, 구별이 가지 않는 이.

처음에 열 명 이상 있던 전사는 세 명까지로 줄었다.

다음에 이탈한 것은 엘리나리제였다.

그녀도 결코 약한 건 아니다.

기술적으로는 모험가 중에서 톱클래스에 든다.

S랭크의 미궁에서 전위를 맡을 수 있는 레벨이다. 방패를 쓰는 방어 기술은 탁월하다.

하지만 어디까지나 그건 모험가 중에서의 이야기다.

그녀의 특기는 방패를 교묘히 써서 공격을 흘리는 기술과 자잘한 대미지를 차곡차곡 쌓는 것에 기반을 둔 어그로 관리다.

하지만 이미 익히 쓰던 방패는 없다.

내가 흙 마술로 만든 예비 방패를 쓰고는 있지만, 투신 바디가디의 공격은 그녀의 흘리기 기술을 간단히 돌파했다.

엘리나리제는 하늘을 날아서 커다란 나무에 부딪쳐 실신했다.

거기서부터 무너졌다.

엘리나리제가 당하면 크리프가 동요한다.

그 한순간의 틈으로 돌진한 투신에게 휘말렸다.

크리프는 트럭에 치인 것처럼 날아가서 덤불로 사라졌다.

즉사일까 중상일까 구별은 가지 않지만, 돌아오지 않았다.

의식을 잃은 건 틀림없었다.

크리프가 기절하면서, 그에게 치유 마술을 받던 자노바와 도가가 버틸 수 없게 되었다.

내 스톤 캐논의 서포트나 엘리나리제의 원호로 몇 번에 한 번 정도로 공격을 받던 그들은 거의 모든 공격을 받는 꼴이 되었다.

그래도 내 치유 마술로 조금은 버텼지만, 그것뿐.

한 방 맞을 때마다 날아가는 그들에게 달려가서 치유 마술을 걸고 돌려보내는 것은 나 혼자서는 무리였다.

하다못해 내가 마도갑옷 '2식 개량형'을 입었다면 가능했을지도 모른다.

투기라는 것을 쓸 수 없는 이 몸은 아무리 바람 마술로 가속해도 둔중하고 한 발 느렸다.

차츰 타이밍이 맞지 않게 되고 두 사람이 동시에 날아갔다.

그리고 그 시점에서 에리스가 목표가 되고, 그녀를 루이젤드가 감싸고 전투 불능이 되었다.

다급히 도가를 치료하고 자노바에게 달려갔지만, 이미 늦었다.

전선은 확실히 붕괴되어서 도가가 날아가고, 자노바를 치료

할 때에 내가 본 것은 에리스가 투신의 주먹에 정통으로 맞는 모습이었다.

피를 토하며 구르는 에리스.

그것은 치명상이다. 바로 치료하지 않으면 늦는다. 내 뇌가 그렇게 외쳤다.

하지만 늦었다.

나와 자노바 앞에 투신이 육박해 있었다.

"우오오오오오!"

자노바가 포효했다.

투신의 오른쪽 상단 주먹을 받아 냈다. 왼쪽 상단 주먹을 받아냈다.

오른쪽 하단 주먹을 배에 맞아 몸이 기역자로 꺾였다.

왼쪽 중단 주먹을 관자놀이에 맞고 옆으로 날아갔다.

그리고 투신이 내게 육박했다.

위험하다고 느꼈을 때에는 이미 늦었다.

오른손으로 충격파를 날려서 그 반동으로 뒤로 물러나려고 했을 때에는 이미 얻어맞은 상태였다.

오른쪽 중단 주먹.

순간 팔로 가드하려고 했지만 헛수고였다.

상반신이 갈기갈기 찢어질 것 같은 충격을 받으며 나는 날아 갔다.

의식을 잃지 않았던 것은 행운일까. 아니면 불행일까.

어깨부터 늑골에 이르기까지의 뼈가 전부 부서지는 감각.

어쩌면 등뼈도 부러진 건지, 하반신의 감각은 없다.

움직일 수 없다.

너무나도 충격이 커서 뇌가 고통을 차단한 건지, 그저 감각이 없었다.

"…허억…헉…."

순간적으로 치유 마술을 걸고 일어섰다.

거기에는 지옥 같은 광경이 펼쳐져 있었다.

누구 하나도 일어나지 못했다.

내가 쓰러진 시점에서, 투신은 남은 스펠드족 전사를 일소했다.

전멸이다.

물러날 타이밍을 잘못 쟀다.

이미 철수도 할 수 없다.

생각해 보면 엘리나리제가 당한 시점에서 바로 철수해야 했다.

이미 더 이상 버틸 수 없다고 판단하고 스펠드족의 마을까지 돌아가야 했다.

그리고 올스테드에게 뒤를 맡겨야 했다.

후회해도 이미 늦었다.

마지막으로 서 있는 내 앞에는 투신이 버티고 섰다.

"…마지막으로 남길 말이 있나?"

"솔직히 목숨을 구걸하고 싶습니다."

"들어 주는 거야 좋지만, 이루어 줄 수는 없다. 인신은 네 목숨을 원하고 있다."

어떻게든 틈을 찾아서 에리스만이라도 치료하고 싶다.

흔들리는 머리로 그렇게 생각하지만, 그런 틈을 줄 것 같지 않다.

뭔가, 뭔가 방법은 없을까.

바디가디의 신경을 집중시켜서 5분, 아니, 딱 3분이라도 좋으니까 에리스의 곁으로 달려갈 만한 시간.

크리프가 정신을 차리고 누군가를 치유한다는 형태도 좋다.

뭔가, 어떻게든, 할 수 없을까.

"그럼, 제 목숨은 됐습니다. 대신… 제 가족은 살려 주실 수 없겠습니까?"

"호오, 가족이라."

"폐하는 모르시겠지만, 아이도 태어났습니다. 건강한 아이가 넷이나."

"아이는 좋은 것이지. 나도 언젠가 키시리카와의 사이에서 만들고 싶다."

바디가디는 끄덕였다.

"좋다. 다만 내게 덤비는 자는 봐주지 않는다."

"그야 물론."

인신은 내가 죽은 후에 아이를 노리겠지.

하지만 거기에 바디가디는 가담하지 않는다. 그런 약속을 맺은 것만으로도 일단 좋은 걸로 치자.

아무런 의미도 없을지 모르지만….

내 마지막 일이다.

"후하하하하, 하하하하하하하!"

바디가디는 크게 웃으며 주먹을 쳐들었다.

"그럼, 잘 가라."

그 말에 나는 두 손을 앞으로 내밀었다.

하다못해 마지막에 혼신의 스톤 캐논을 날려야….

"엎드려!"

그 목소리에 나는 개처럼 바닥에 바짝 엎드렸다.

그런 나보다 낮은 자세로 뭔가가 시야 가장자리를 스쳤다.

그 뭔가는 투신의 다리 사이를 빠져나가듯이 달려서 그의 뒤에서 멎었다.

가무잡잡한 피부에 동물의 귀, 고양이 같은 꼬리를 가진 한 마리 검은 늑대.

투신의 무릎 근처가 베어서 순간 비틀 하고 균형을 잃었지만, 그것도 잠시.

순식간에 갑옷은 수복되고, 아무 일도 없었던 것처럼 주먹을 휘둘렀다.

그리고 나를 뛰어넘듯이 롱스커트가 휘날렸다.

"우옷!"

주먹을 내리친 투신이 시야에서 사라졌다.

내 약간 뒤쪽으로 공간에서 뭔가 거대한 것이 날아가는 것을 느꼈다.

한 발 늦게 쿠쿵 하고 뭔가가 떨어지는 소리가 들렸다.

무슨 일이 일어난 걸까.

내게 보인 것은 롱스커트의 안쪽과 나를 뛰어넘듯이 나타났기 때문에 보인 연파랑색 속옷뿐이다.

그리고 그 속옷의 주인은 몇 번 본 적이 있었나 없었나.

하지만 또 한 명은 알고 있다.

기억에 있다.

잊을 수 없다.

그 움직임, 모랫빛 머리에 다갈색 피부. 흔들리는 꼬리에 동물 귀.

"길레느!"

그렇다면 이 흑발은 이졸테인가!

수제 이졸테!

길레느, 이졸테. 이 두 사람과 행동을 함께 했던 자는!

"실피!"

실피는 쥐처럼 재빠르게 전장을 달리고 있었다.

쓰러진 자에게 다가가서 손을 댈 뿐. 그것만으로 쓰러진 자의 부상이 나왔다. 그녀는 순식간에 도가와 자노바를 치료했다.

무영창 치유 마술.

지금까지 그 우위성에 대해 생각한 적은 없었고, 그럴 기회도 없었지만, 이렇게 보면 일목요연하다. 매우 빠르다. 나와 크리프를 합친 것보다도 빠르다.

둘러보니 덤불 안쪽에서 에리스와 루이젤드가 이쪽으로 돌아오고 있었다.

어느 틈에 전선이 재건되었다.

이졸테를 메인 탱커로, 도가와 자노바가 서브 탱커로.

에리스와 길레느, 루이젤드가 어태커로.

그리고 힐러에 무영창 치유 마술 사용자 실피가 가담했다.

전선이 다시 만들어졌다.

지옥이 끝났다.

"루디! 여기는 우리가 막을 테니까 마을 쪽으로! 록시가 기다리고 있어!"

"!! 알았어!"

나는 그 말을 듣고 스펠드족 마을 쪽으로 달려갔다.

전속력으로 달렸다. 지금까지의 인생 중에서 제일 힘차게 달렸다.

실피가 왔다.

계곡의 다리를 무너뜨렸는데 왔다.

그렇다면 즉 마을 쪽에서 온 것이다.

그럼 준비했던 수단이 드디어 도착했다는 소리다.

나무뿌리를 뛰어넘고, 숲을 가로질러서, 나는 스펠드족의 마을에 도착했다.

그 순간 보인 것에 나는 환희했다.

보였다.

마을에 들어선 순간 그 안쪽에 놓인 것이.

미리 숲 안쪽에 그려 두었던 전이마법진.

그 후에 기다리던 것이.

그대로 달렸다.

전속력으로 달렸다.

"오빠!"

"그랜드 마스터!"

"아, 오빠…."

도중에 노른과 줄리와 아이샤의 모습이 보였지만, 무시.

계속 달려서 거기에 도착했다.

망가진 전이마법진 근처에는 한 소녀가 털썩 주저앉아 있었다.

"록시!"

"…아, 루디."

내가 말을 걸자 그녀는 고개를 들었다.

눈 밑이 시커먼 모습이었다.

마력이 고갈된 걸까, 아니면 철야로 계속 일한 것일까.

"미안합니다. 순서를 틀렸습니다. 파내서 위에 올린 뒤에 전이마법진을 그렸습니다. 먼저 전이마법진을 그린 후에 루디에게 파내 달라고 하면 이렇게 늦게는….."

"괜찮습니다! 괜찮아요! 안 늦었으니까요!"

그녀의 뒤에 있는 것.

그것은 거대한 갑옷이었다.

높이는 3미터.

컬러링은 진청색. 오른손에는 개틀링, 왼손에는 샷건.

그리고 주먹 끝에는 방어 무시의 효과를 가진 마검을 장착. 뚱뚱하고 묵직한, 스모 선수 같은 갑옷이 엎드려 있었다.

겉보기로는 1식과 그리 다를 게 없다.

하지만 이건 1식이 아니다.

이런 일도 있을까 싶어서 준비한, 진정한 비장의 카드.

소비 마력을 몇 배로 늘려서 기동력과 장갑을 대폭 향상시킨 단기결전병기.

컨셉이 '3식'과 역행하기 때문에 붙인 이름은….

"마도갑옷 '0식'입니다."

비장의 수.

비장의 카드.

이걸로 못 이기면… 아니, 이길 수 있네 없네가 아니다. 승산이 낮다는 건 알고 있다.

"록시! 다녀오겠습니다!"

"루디! 무사하기를!"

나는 '0식'에 올라탔다.

대량의 마력이 빨려드는 감각에 어질어질한 상태로 일어섰다.

그러자 마을 중심에 올스테드의 모습이 보였다.

그는 거대한 검 한 자루를 손에 들고 있었다.

"루데우스! 써라!"

올스테드는 그 거대한 검을 가볍게 내게 던졌다.

재빨리 받았다.

3미터의 갑옷에 딱 좋은 사이즈인 거대한 검.

검술이 별로인 나라도, 손에 드는 것만으로도 엄청난 힘이 느껴지는 마검.

왕룡검 카작트.

"올스테드 님! 다녀오겠습니다!"

올스테드는 대답하지 않았다.

그저 끄덕였을 뿐이다.

'0식'을 전력으로 움직여서 나는 전장으로 돌아갔다.

제3화 터닝 포인트 5

내가 돌아왔을 때, 다른 이들은 충분히 잘 버티고 있었다.

내가 빠지고, 스펠드족 전사가 빠지고, 크리프와 엘리나리제가 없는 상태.

하지만 안정감은 높아졌다. 길레느는 거의 엎드린 자세로 전장을 뛰어다니고 있었다.

키가 커서 타점이 높은 투신의 주먹의 폭풍권에서 도망치듯이 지표 근처를 뛰어다니며, 앞에서, 옆에서, 뒤에서 검을 번뜩이며 원호했다.

공격력은 부족하지만, 투신은 싸우기 껄끄럽다는 듯이 주먹을 마구 휘둘러 대고 있었다.

또한 실피의 존재도 크다.

그녀의 무영창 치유 마술은 보다 신속한 회복이 필요한 이 상황에 딱 맞았다. 자노바가, 도가가 투신에게 얻어맞고 날아가도 곧바로 달려가서 회복시켰다. 그녀가 현역을 떠난 지 오래되어서 체력적으로 그리 오래 버틸 수는 없겠지만, 그래도 나와 크리프, 두 사람의 힐러 몫을 해냈다.

그리고 특필해야 할 것은 이졸테의 존재겠지.

최전방에 선 그녀는 자신에게 향하는 투신의 공격을 모두 흘리며 카운터를 날렸다.

그 동작은 유려하면서도 치밀.

일격만으로 즉사할지도 모르는 투신의 폭력이 어린애 장난으로 보이는 기술.

물론 그래도 쓰러뜨릴 수 없다.

이졸테가 아무리 깔끔한 기술로 투신에게 카운터를 먹이더라도, 팔이나 다리를 자르려고 해도, 대미지는 없다.

만약 그녀가 투신과 1 대 1로 싸웠다면 선전은 하더라도 최종적으로 이길 수는 없을 것이다.

언젠가 지치고 패배한다.

하지만 내가 돌아올 때까지의 시간을 번다는 의미로 말하자면, 그녀의 존재는 압도적이었다.

"오래 기다렸지!"

"루디…! 전원 후퇴!"

실피의 신호로 전원이 거리를 벌렸다.

"호오."

투신은 그걸 추격하지 않았다.

멀어진 자들에게는 눈길도 주지 않고 나를 바라보았다.

크기는 그리 차이가 없다.

투신갑옷이 2.5미터.

마도갑옷이 3미터.

그 차이는 수십 센티미터 정도 내가 더 크다.

다만 나는 10미터 정도 거리를 두고 멈춰 섰기 때문에 내려다볼 정도는 아니었다.

"그것이 용신에게 가치를 인정받고 내 누님마저 쓰러뜨린 마도갑옷인가!"

"…1식은 항구도시에서 한 번 보지 않았습니까?"

"흠, 그러했던가?"

"일격에 박살이 났지만요."

떠올려보면 그 일격.

방어를 과신하여 직격을 맞았다고 해도, 그런 걸 맞고 에리스나 루이젤드는 용케 살았다.

이것도 투기의 유무에 따른 방어의 차이겠지만… 그렇다면 크리프가 걱정이다. 주먹의 직격은 아니었다고 해도 그는 투기를 쓰지 못하고.

"하지만 '1식은'이라고 하는 걸 보면 그건 다르겠지?"

"그건 직접 보시지요."

그렇게 말하면서 주위를 보았다.

모두가 멀찍이서 우리를 보고 있었다.

꽤나 거리는 벌어졌지만, 휘말릴 가능성도 있겠지.

아, 실피가 나머지 부상자들에게 달려가고 있군.

일단 크리프도 실피에게 맡기자.

"그럼, 시작할까요."

싸움이 시작되었다.

싸움은 내 스톤 캐논으로 시작되었다.

내가 물러나면서 스톤 캐논을 쏘고, 바디가디가 그걸 쫓아온다.

올스테드전을 답습한 형태다.

후퇴하면서 스톤 캐논의 난사.

솔직히 이것만으로도 힘들다고 생각했지만, 왕룡검에 마력을 넣으면 둔중할 터인 0식은 가볍게 움직였다.

이것이 중력을 조종한다는 건가.

검의 힘 덕분인지 뭐든지 할 수 있다는 느낌이 든다.

물론 연습도 하지 않은 상태다. 지금은 내 무게를 가볍게 하는 이상의 짓은 하지 말자.

"후하하하하! 모기 물린 정도도 안 된다!"

투신은 나무들을 쓰러뜨리고 대지에 구멍을 내면서 내게 쫓아왔다.

효과가 별로라는 건 보면 안다.

흘리는 것도 튕기는 것도 아니라, 이런 근거리에서 쏴도 마치 빨려들듯이 몸에 박히더니 등에서부터 부스스 가루가 되었다.

대미지는 없겠지.

올스테드는 통할지도 모른다고 말했지만, 통하지 않는 것이다.

"도망가는 재주뿐이냐!"

물론 그럴 생각은 없다.

나는 목적한 위치에 도달한 뒤에 샷건으로 바디가디의 발밑을 후볐다.

지면이 크게 파이고, 투신이 내딛으려던 한걸음을 헛디뎠다.

한순간이지만 자세가 기울었다.

그 틈에 파고들었다.

"으음?!"

그리고 개틀링을 분리.

오른쪽 손등에 단 검으로 일격.

검은 갑옷을 버터처럼 가르고, 그 안쪽의 검은 피부를 노출시켰다.

"'샷건 트리거'!"

거기에 또 샷건을 갈겼다.

바디가디의 팔 하나가 찢어져서 날아갔다.

"후하하하하! 답례다!"

하지만 동시에 나는 네 발의 타격을 받았다.

마도갑옷 전체에 충격이 일고 10미터 정도 후방으로 날아갔다.

하지만 괜찮다.

직격이지만, 어떻게든 견디고 있다.

"큭!"

나는 즉시 몸을 돌려서, 날아간 바디가디의 팔을 회수했다.

금색 갑옷에 휩싸여서 꿈틀꿈틀 맥동하는 팔을 던졌다.

"후하하하하! 헛수고다, 헛수고!"

바디가디는 그렇게 말하면서 팔을 만들어 냈다. 주욱 하고, 나ㅇ크 성인처럼 몸에서 만들어 냈다.

"음."

하지만 헛수고가 아닌 것은 일목요연.

생겨난 팔은 그냥 팔이다. 즉, 갑옷이 없다.

"호오, 그렇게 되나. 머리 좀 굴렸군!"

팔을 던진 곳.

거기에는 마법진이 하나 준비되어 있었다.

그 안에는 투신갑옷의 팔과 바디가디의 팔이 움직이는 일 없이 남겨져 있었다.

기분 탓인지 바디가디의 사이즈도 줄어든 것으로 보였다.

그렇게 된다는 걸 알고 한 짓은 아니다.

하지만 힌트는 있었다.

투신 바디가디.

그는 갑옷의 능력으로 뛰어난 스피드와 파워를 겸비했다.

물론 스피드라면 지금까지 보아 온 검의 달인들과 비교해서 특별히 빠른 건 아니다.

올스테드, 혹은 알렉 쪽이 더 빠르겠지.

물론 나보다 빠른 건 틀림없지만, 마도갑옷을 입고 있으니 대응할 수 없는 레벨도 아니다.

지금까지 올스테드나 에리스와 대련한 경험이 도움이 되었다.

귀찮은 것은 굉장히 높은 방어력과 굉장히 높은 내구성이다.

투신갑옷은 단단하다. 마도갑옷 이상의 경도를 자랑할지도 모른다.

적어도 에리스나 다른 이들이 혼신의 일격을 날려도, 상처는 나지만 팔이나 목 같은 부위가 떨어지는 일은 없다.

갑옷은 순식간에 수복되고, 아무 일도 없었던 것처럼 계속 움직인다.

본래 그래도 내부에 대미지가 축적되는 법이지만… 불사신인 마왕 바디가디는 죽지 않는다.

에리스의 참격이나 루이젤드의 찌르기는 본래 갑옷 안에 대미지를 주겠지만, 바디가디에게는 대미지가 되지 않는다.

참격이든, 찌르기든, 타격이든, 바로 회복된다.

결국에는 공격하는 쪽이 지치고, 그 여섯 개의 팔에서 나오는 파괴력의 밥이 된다.

그럼 어떻게 쓰러뜨리면 될까.

이 힌트는 아토페에게 있었다.

불사마왕 아토페.

몇 번을 쓰러뜨려도 일어나고 적에게 돌진하는 모습은 마대륙의 마왕들을 대표하는 공포의 대명사.

그녀에게 이기는 방법은 두 가지.

하나는 사지를 뜯어내고 부활하지 못하게 봉인한다.

이것이 가장 일반적인 방법으로, 아토페는 과거에 두 차례 이 방법으로 패배를 맛보았다.

수백 년이나 가둬 두려면 상응하는 결계술이 필요하지만, 일단 상급의 결계 마술로 에워싸는 것만으로도 재생을 막는 효과는 있다.

또 하나는 패배를 인정받는다.

불사마왕 아토페는 자기식 룰로 싸우는 일이 많고, 그 룰로 자기가 패배했다고 이해했을 때 패배를 인정한다.

물론 지금의 바디가디가 그렇게 간단히 패배를 인정할 거라고는 생각되지 않는다.

이번에는 전자의 방법으로 간다.

여차할 때를 대비해 크리프에게 말해서 숲 곳곳에 봉인용 마법진을 준비해 두었다.

여기에 바디가디의 손발을 던져 넣고 기동시킨다.

투신갑옷에 효과가 있는지 불안했지만, 효과는 있었다.

방어 무시의 검으로 갑옷을 베고, 팔을 찢어 내서 봉인한다.

이걸 여섯 번 거듭하여 바디가디에게 패배를 인정하게 한다.

몸을 통째로 봉인하고 싶지만… 크리프가 없는 지금으로선 본체를 봉인하는 마법진을 쓸 수 없다.

"아아아아아아압!"

고함을 지르며 돌진했다.

이제 대미지는 상관없다.

0식이 전력 가동으로 앞으로 몇 분이나 움직일지 나도 모른다.

왕룡검 덕분에 조금은 가동 시간이 연장될지도 모르지만, 언제 정지해도 이상하지 않다.

단기 결전 이외에 길이 없다.

"오는가! 용사여!"

팔을 펼치고 맞서는 투신에게 육박.

동시에 오른팔을 휘둘렀다. 투신이 내뻗는 주먹에 대응하듯이 검을 뻗어 카운터를 노렸다.

여섯 개의 팔이 내 상상을 뛰어넘는 움직임을 보이지만, 그건 아까까지의 싸움으로 조금 익숙해졌다.

오늘의 나는 괜찮다.

회피할 수 있다.

왼쪽 하단의 팔 하나에 칼집을 냈다.

동시에 샷건을 칼집에 쑤셔넣고 발사, 뜯어냈다.

하지만 아무래도 그 순간에는 틈이 생긴다.

팔을 뜯어낸 순간 나는 주먹을 얻어맞아 배후로 날아갔다.

"……!"

마도갑옷의 표면에 금이 갔다.

역시 투신의 주먹에는 견뎌 낼 수 없다. 하지만 갑옷이 붙어 있지 않은 팔은 무시해도 된다.

앞으로 네 개. 모두 다 날려 버릴 때까지 마도갑옷이 버티면 된다.

"!"

그때 다른 것을 깨달았다.

'결계가….'

지면에 그려 두었던 마법진이 지금의 싸움으로 지워져 있었다.

싸움의 여파로.

왜 이렇게 간단한 것을 깨닫지 못했는가 싶을 정도로 어이없게.

물론 아직 무사한 마법진은 있겠지만, 어느 것이 무사한지 모른다.

"…제길!"

나는 재빨리 뜯어낸 팔을 버렸다.

지룡 계곡의 밑바닥으로.

아토페가 산산조각 난 직후에 부활하는 데 시간이 걸렸듯이, 뜯어낸 팔과의 거리를 벌려 두면 바로 부활할 수는 없다.

언젠가는 부활하겠지만, 그래도 의미는 있을 것이다.

'…응?'

왜인지 갑옷 쪽도 부활하지 않는다.

술자와 떨어지면 봉인하지 않아도 그 효력을 잃나?

재생이라고는 하지만, 투신갑옷도 오랫동안 안 썼던 탓에 다소 성능이 떨어졌나?

아니면 바디가디의 책략일까?

아니, 지금은 괜한 생각을 하지 말자.

재생하지 않는 것을 기회로 보고, 그저 모든 팔을 잘라 내는 것만 생각하자.

"음⋯."

바디가디는 신음하면서도 새로운 팔을 만들어 내지 않았다.

뿐만 아니라 방금 전에 재생시킨 팔을 거북이처럼 갑옷 안에 집어넣었다.

"!"

이게 어떻게 된 걸까.

순식간에 남은 네 개의 팔 중 두 개가 사라졌다.

팔이 팔토시 부분과 함께 갑옷 안으로 흡수된 것이다.

그리고 나머지 두 개의 팔이 굵어졌다.

빠직빠직 소리를 내면서 굵어졌다.

나머지 두 개.

굵어졌는데 벨 수 있을까⋯? 아니, 벨 수 있다. 이 검은 단단해지면 단단해질수록 더 잘 베게 된다. 투신이 팔을 강화하여 방어에 전념했다고 해도 의미는 없다.

나는 순간적으로 그렇게 판단하고 지면을 박차 투신에게 육박했다.

머릿속 어딘가에서 경종을 울리고 있었다.

하지만 상대가 뭘 하든지 나는 이미 비장의 카드를 다 뽑았다.

내 마력은 시시각각 바닥을 향하고 있다.

공격하지 않으면 이길 수 없다.

"아아아아압!"

소리쳤다. 그저 소리쳤다.

그러면 힘이 나온다.

공포와 불안을 뿌리치고, 용기가 조금 고개를 내민다. 약간의 용기가 내 발을 조금 더 나아가게 한다.

에리스처럼, 승리로 이어지는 돌진을 가능하게 한다.

투신에게 몸을 부딪쳤다.

받아 내기는 했지만, 상대도 비틀거렸다.

오른손을 휘둘렀다. 투신의 왼팔에 파고들어 베어 냈다.

왼손을 뻗었다. 샷건을 절단면에 댔다.

소리쳤다.

"'샷건 트리거'!"

바디가디의 팔이 투신갑옷과 함께 날아갔다.

하지만 동시에 나도 날고 있었다. 공격에 날아갔다.

바디가디의 남은 팔 하나.

그것에 얻어맞아서.

갑옷 앞부분이 완전히 깨졌다. 충격은 내부로 퍼져서 내 몸을 납작하게 만들 정도의 압력이 덮쳤다.

앞으로 몸을 굽혔다.

"쿨럭… 커헉…."

목에서 피가 흘렀다.

아직 안 끝났다고 마음이 헛되어 외쳐 댔다.

수읽기에서 졌다. 생각이 부족했다.

바디가디가 팔을 두 개로 만든 것은 일격을 무겁게 만들기 위해서였다.

팔을 내주고 뼈를 벤다.

금이 간 곳에 약간이나마 꽂힌 주먹은 마도갑옷을 박살 냈다.

왜 저 굵은 팔을 보고 깨닫지 못했을까? 나는 바보인가? 아니, 그게 아니다. 이거면 된다. 깨달았다고 해도 할 일은 변하지 않는다. 바보처럼 돌진해서 팔 하나를 베었다. 그게 결과다.

내 대미지는 크지만… 하지만 아직.

아직이다. 나머지 하나.

"!"

움직이지 않는다.

마도갑옷의 움직임이 둔하다. 상처도 낫지 않는다.

내가 있는 곳 바로 근처에 마도갑옷의 핵이라고 할 부분이 있었다.

그게 깨지면 마도갑옷의 동작은 둔해진다. 움직이지 않는다고 할 정도는 아니다. 그런 단순한 구조는 아니다.

하지만 가까스로 움직일 정도겠지. 이 싸움에서 치명적일 정도로 둔하다.

초조한 마음에 마력을 보냈다.

그래, 마력은 아직 남아 있다.

아직 움직인다. 마력 고갈은 아니다. 나는 아직 싸울 수 있다.

그런데 왜 안 움직이지.

"좋은 작전, 좋은 기합…."

움직일 수 없는 내게 바디가디가 다가왔다.

"그리고 좋은 승부였다. 잘 가라, 루데우스. 라플라스도 이 정도로 치밀하진 않았다."

바디가디가 주먹을 들었다.

대포 같은 주먹. 그게 떨어져 내리….

"하압!"

옆에서 튀어나온 붉은 무언가가 팔에 참격을 날렸다.

팔은 어깻죽지에서 잘려서 하늘을 날았다.

"음!"

이 숲에서 붉은 것이라고는 한정된다.

에리스다.

혹시나 따라왔던 건가? 계속 내 곁에 붙어 있었나?

따라와 준 거야?

모르겠다. 달리 원호는 오지 않았다.

그저 에리스만 돌진해 왔다.

하지만 다음 순간 나는 위화감을 깨달았다.

검이다.

에리스의 검이 부러져 있었다. 그 이름 높은 '봉와용검'이 밑부분부터 부러져 있었다.

그렇겠지, 지금까지 표면에 대미지를 주었어도 어깻죽지를 베어 낼 정도는 되지 않았다.

그걸 억지로 베어 냈으니 부러질 만도 하지.

"하아아아아!"

그래도 에리스는 멈추지 않았다.

검이 부러진 것을 깨닫지 못하는 것처럼 소리치면서 투신을 상대했다.

살펴보니 그녀만이 아니었다.

숲속에서 에리스를 뒤쫓듯이 실피가, 루이젤드가, 길레느가, 이졸테가 차례로 얼굴을 내밀고 있었다.

하지만 늦었다.

"혼자서 가로막으려 들다니 어리석다!"

바디가디가 에리스에게 달려들었다.

지키는 자는 없다.

그렇게 생각한 순간, 나는 탈출 회로를 작동시키고 마도갑옷에서 빠져나왔다.

그리고 마도갑옷의 등 부분.

거기에 수납된 한 자루 검을 쥐었다.

자루를 쥔 순간, 엄청난 전능감이 몸을 휩쓸었다.

내포된 압도적인 마력. 사람을 영웅으로 만들기 위한 검이다.

나는 거기에 더욱 마력을 넣었다. 남아 있는 마력을 모조리 넣는다는 마음으로.

내가 제대로 쓸 수 있다고는 생각하지 않는다.

다만 눈앞에 검이 부러진 가족이 있다. 나를 지키기 위해, 부러진 검을 들고 이빨을 드러내며 소리치고 있다.

나는 그녀를 향해 마력을 담은 검을 던졌다.

"에리스!"

완만한 포물선을 그리며 마검이 날았다.

에리스는 돌아보며 그것을 받았다.

왕룡검 카작트.

세계 최강으로 이름 높은 마계의 대장장이 율리안이 두드려 만든 마검의 최고봉.

에리스는 그것을 상단세로 들었다.

"하아아아아아아아!"

"음, 그건…!"

내리쳤다.

직전에, 한순간, 투신의 몸이 떠올랐다.

투신의 몸에 검이 박혔다.

동시에 섬광이 시야를 가득 메웠다.

폭음이 고막을 마비시켰다.

압도적인 뭔가가 그 자리를 지배했다.

파괴가 퍼졌다.

폭풍은 없다.

충격도 없다.

다만 정적이 찾아왔다.

파괴는 안쪽을 향했다. 쏟아부은 마력이 구체가 되어서 바디가디를 감쌌다.

에리스의 힘만이 아니다. 내가 넣은 모든 마력을 마검이 방출한 것이다.

그리고 마력의 구체 안.

나는 보았다. 구체가 천천히 공중에 떠오르면서 그 안에 든 것을 파괴하는 모습을.

투신갑옷에 금이 가고 산산조각 나는 것을. 바디가디가 압축되고, 소리 없이 가루가 되어 소멸되어 가는 것을.

바디가디는 몸부림치는 것으로 보였다.

하지만 아무것도 할 수 없었다.

투신갑옷은 기능하지 않고, 바디가디는 재생하는 족족 뭉개

졌다.

……

구체가 사라졌다.

공중에 남은 갑옷 파편이 지룡 계곡의 밑바닥으로 떨어졌다.

투웅 하고, 떵그렁 하고, 소리를 내면서 절벽에 부딪치며 떨어졌다.

거기 꽂힌 왕룡검과 함께.

갑옷뿐.

바디가디의 검은 살덩어리는 흔적도 없이 사라졌다.

"……"

나는 그것을 바라보았다.

한동안 바라보고 있었다.

아무 소리도 나지 않게 된 계곡과, 사라진 투신갑옷을.

근처에는 바디가디의 팔이 남아 있다.

움직이지 않았다. 꿈쩍도 하지 않았다.

재생하는 기색은 전혀 없었다.

죽은 건가. 이긴 건가?

아직일까. 이제 곧 나타나는 걸까. 당장이라도 후하하하 하고 웃으면서 재등장하지 않을까.

그렇게 생각하면서 그저 계곡을 내려다보았다.

아무 일도 일어나지 않았다. 올라오는 기척은 없었다.

그저 정적만이 그 자리에 남아 있었다.

툭 하는 소리가 뒤에서 들려왔다.

돌아보니 에리스가 무릎을 꿇고 있었다.

새파란 얼굴로.

"……."

나는 다급히 달려갔다.

다친 걸까. 카운터라도 맞은 걸까. 바로 치유 마술을 걸려고 손을 뻗다가 나도 무릎을 꿇고 말았다.

"…아아."

다친 건 아니다.

나는 이 감각도, 에리스의 얼굴에서 느껴지는 그것도, 기억에 있었다.

마력고갈. 왕룡검 카자크트는 내 마력을 빨아먹은 것만으로 부족해서 에리스의 마력도 다 쓴 것이다.

에리스는 아마도 유년기 이후로 오랜만에 느끼는 마력고갈이겠지. 눈을 껌뻑거리면서 주저앉아 있었다.

"에리스."

"루데우스… 당신, 머리가 또 새하얗게 되었어."

그 말에 머리를 만져 보았다. 그래도 나 자신은 알 수 없다.

하지만 잘 보니 에리스의 머리도 하얗게 된 부분이 있었다.

염색을 한 것처럼.

"에리스도 그래."

"그래… 그럼 똑같네."

에리스는 그렇게 말하고 앞으로 쓰러졌다.

의식을 잃은 건 아니다. 그저 모든 힘을 다 써서 기력이 없는 것이다.

나도 그 위에 쓰러지고 싶었지만 꾹 참았다.

"루디!"

실피가 걱정스러운 얼굴로 우리의 얼굴을 들여다보았다.

실피만이 아니다. 루이젤드, 길레느, 이졸테… 모두 있었다.

"실피, 크리프는?!"

"으음, 다른 사람은 상처를 치료한 뒤에 자노바와 도가가 마을까지 데려갔어. 우리는 바로 루디를 쫓아왔는데, 방해될 것 같아서 고민하다가…. 하지만 에리스 혼자 뛰쳐나가서… 어라?"

실피는 쓰러진 에리스를 어루만지며 고개를 갸웃거렸다.

아마도 바로 치유 마술을 쓴 거겠지.

하지만 에리스는 다친 게 아니라서 몸을 일으킬 기운이 없다.

"마력고갈일 거야. 그 검, 사용자의 마력을 빨아먹어."

"…아, 그렇구나."

"아무튼, 실피, 저기 떨어진 팔을 무사한 마법진으로. 그리고 에리스를 데리고 마을로 돌아가서 올스테드 님에게 일의 전말을 전하고 크리프를 데려와 줬으면 해."

나는 일어섰다.

0식은 파괴되었다. 나 자신도 마력을 꽤나 소비했다…. 하지만 아직 움직일 수 있다.

바디가디의 부활까지 시간이 얼마나 남았을까. 적어도 저 정도 마력 압축에 당해서 소멸과도 비슷한 느낌으로 사라졌다.

팔이 재생할 낌새는 없고, 시간이 꽤 걸릴 거라 생각하고 싶다.

희망적 관측이며 얕은 생각일지도 모른다.

하지만 0식도 파괴되었다. 1식도 없다. 고갈 직전의 마력에 결계 마술을 쓰는 크리프가 없는 상황에서, 계곡에 떨어진 바디가디를 봉인할 수도 없다.

지금 상황에서 계곡에 내려갔더니 이미 준비하고 기다리는 상태라면 승리는 요원하다.

그 경우는 올스테드에게 출진을 부탁할 수밖에 없을지도 모른다.

올스테드의 마력은 끝까지 쓰고 싶지 않았지만, 어쩔 수 없다.

내 힘으로는 역부족이다.

하지만 그래도 아슬아슬할 때까지 몰아붙이긴 했다.

할 수 있는 일은 다 했다.

계곡 밑에서 바디가디가 활동하는지는 모르지만, 최소한으로 억눌렀을 것이다.

그런 마음이 솟아났다.

나 자신의 마음이 너무 약해서 싫어졌다.

"루이젤드와 길레느, 그리고 이졸테 씨는 나를 따라와요."

"루디는 어쩌게?"

할 수 있는 일은 다 했다?

아니지, 아직 해야 하는 일은 있다. 이 고갈 직전의 마력으로 해야 하는 일이 있다.

"기스를 쫓아야지."

기스는 금방 찾았다.

아주 간단하게.

고갈 직전의 마력을 쓸 것도 없이, 정말로 간단히 찾아 버렸다.

계곡을 넘은 직후, 검게 탄 숲에 들어가자마자.

재가 된 큰 나무 밑.

기스는 그곳에 쓰러져 있었다.

온몸에 화상을 입고 시커매져서 쓰러져 있었다.

내가 날린 '플래시 오버'가 숲과 함께 그를 태운 것이다.

처음에 보았을 때는 죽었나 싶었다. 꿈쩍도 하지 않았고, 검은 바위로도 보였다.

하지만 루이젤드가 제3의 눈을 써서 그를 찾아냈다.

사체는 아니다.

"…기스."

"여어, 선배."

사체는 아니지만, 거의 숨이 넘어가는 상태라는 건 알 수 있었다.

그리고 나는 그를 치유해 줄 마음이 없었다.

이걸 위해 왔으니까.

하지만 바로 숨통을 끊게 할 마음도 들지 않았다.

"헤헷. 물 마술, 흙 마술, 마안, 마도갑옷⋯. 모두 대책은 세웠는데, 결국은 이 꼴이군. 선배, 불 마술도 특기였네. 한 번도 본 적이 없어서 몰랐어."

기스는 여러 가지 물건을 몸에 걸치고 있었다.

파란색 조끼에 갈색 복대에 사슬갑옷 같은 것까지.

지금은 전부 타서 알기 어렵지만, 아마도 여러 마술을 상정한 것이겠지.

제3도시 헤이레룰에서 낙뢰를 견딘 것은 투신갑옷의 능력 때문이 아니었다는 소리다.

"선배가 여기까지 왔다는 소리는⋯ 마지막 작전도 불발로 끝났나⋯."

기스는 타 버린 얼굴을 찌푸렸다.

마지막 작전. 바디가디를 혼자 보내는 것을 작전이라고 할 수 있을까.

"검신이든, 북신이든, 귀신이든, 명왕이든, 누구 하나라도 남아 있었으면 달랐겠지만⋯. 아무도 내 지시를 듣지 않더라고."

"이야기를 들어줄 만한 녀석이 없었지."

헛소리처럼 중얼대는 기스의 말에 나는 반응했다.

"흥, 말은 잘해요. 에리스와 아토페, 그곳에 있는 건 길레느인가? 그쪽도 남의 이야기를 안 듣는 녀석뿐이야."

"그건… 운이 좋았던 거겠지."

"아니, 그게 아냐. 선배가 잘했기 때문이야. 제대로 이야기를 나누고, 제대로 신뢰를 얻어서, 제대로 된 동료가 되도록 노력했기 때문이야. 그러니까 여차할 때에 제대로 이야기를 들어주고, 지시를 따라주는 거지."

분명히 그럴지도 모른다.

아토페나 귀신 같이 아무튼 필요하니까 동료로 넣은 이들은 거의 지시를 들어주지 않았다.

산도르와 도가는 예외지만, 아리엘은 그렇지 않았다.

전원과 신뢰 관계를 쌓지 않았으면, 내 지시를 제대로 안 듣는 사람은 더 많았을 거다.

"결국 싸울 이유를 억지로 준비하고, 긁어모으고, 부채질하고, 뒤에서 이리저리 움직이는 것만으로는 무리란 소리야…."

검신도, 북신도, 기스의 지시를 듣지 않았다.

어디까지나 자신의 목적을 우선했다.

그 결과 나는 살아 있다.

"알고 있다고 생각했지만, 몰랐던 거야. 그래도 어떻게든 된다고 생각했어. 물론 제일 모르는 건 나였지."

기스는 웃었다.

"인신 말이지, 녀석은, 아까까지 투덜댔어. 왜냐고, 왜냐고, 네 탓이라고, 네가 더 잘 움직였으면, 이라고 말이지."

기스는 비웃듯이 낄낄 웃었다.

"당연하잖아. 그렇지? 너 같은 걸 위해 열심히 일한 녀석을 속이고 비웃는 녀석에게 누가 제대로 도와줄까."

"그럼… 기스, 너도 대충대충이었던 거야?"

"글쎄. 어떻게 생각해? 그렇게 낙승이었나? 일단 나는 전력을 다 했는데?"

기스는 쿨럭 하고 기침을 했다.

검댕처럼 시꺼먼 것이 입에서 흘렀다.

"뭐, 나랑 바디가디는 예외적으로 사람이 좋았던 거지. 이럴 때도 자기 동료를 쓸데없다고 욕하는 녀석을 도와주는, 호인이야."

시꺼먼 검댕은 마치 기스의 영혼 같았다.

기스에게서 힘이 빠져나가는 게 느껴졌다.

"하지만, 선배. 나는, 그래도, 인신 덕분에, 살았어. 안 좋은 일을 당했지만, 전체적으로 보면, 나는 은혜를 입었어."

"……."

"선배는, 모르겠지. 뭐든지 할 수 있고, 혼자서 세계를 걸어 다니는 선배는. 나처럼, 아무것도 못 하는 녀석의 마음을, 모르겠지…."

안다.

알 것 같다. 평범한 일을, 평범하게 할 수 없는 이의 마음은, 안다고 생각한다.

기스는, 나다. 과거의 나다. 다만 나와 다른 점이 있다. 과거의 나는 하려고 하지 않았다.

벽에 부딪치고 거기서 도망쳤다. 그저 도망쳤을 뿐이다.

하지만 기스는 정말로 할 수 없었다. 이 마물과 폭력이 창궐하는 세계에서 가장 중요하다고 할 수 있는 '싸우는 힘'을 얻을 수 없었다.

그 이외의 것은 뭐든지 할 수 있게 되었지만, 살아갈 수가 없었다.

"아냐, 기스. 그건 아냐⋯."

그러니까 나는 아니라고밖에 할 수 없다.

안다고는 할 수 없다. 말하고 싶지도 않다. 그저 부정할 수밖에 없다.

"흥, 루데우스. 부정할 거면 가슴을 펴. 너는 이겼다고. 바로 나에게 이겼어. 세상은 말이지, 이긴 자가 옳고, 진 자가 틀린 거야. 그러니까 너는 가슴을 펴고 이렇게 말해. '아냐, 기스, 그게 아냐'라고. 그리고, 죽어 가는 나를 위해, 설교라도 해 줘. 너는 이래야 했다, 인신 따위에게 붙지 말고, 내 쪽에 붙어야 했다고."

기스는 그렇게 말하고 추욱 힘을 뺐다.

그리고 공허한 얼굴로 말했다.

"나도, 바디가디도, 명왕도 없어. 이제 인신에게는, 스스로, 적극적으로 도와줄 만한, 녀석은 없어."

"졌어. 루데우스 그레이랫을 어떻게 할 수 있는 녀석은, 이제, 이 세상에 없어."

"실제로, 인신도 말했어. 이걸로 안 된다면, 루데우스를 어떻게 할 수 없다, 고."

"그러니까, 인신도, 네가 죽기 전까지 얌전히 있겠지. 뒤에서 몰래 움직이긴 하겠지만."

그 말에 나는 무심코 끼어들었다.

"…그거, 거짓말이지?"

기스는 웃지 않았다.

"그렇게 생각할 거면, 그렇게 생각하면 되잖아. 얌전하게 있을 거란 건, 어디까지나 내 예상에 불과해. 앞으로도 타도 인신을 위해 움직이면 돼. 그건 인신에게 불리한 일이지만, 네가 불리해지진 않겠지?"

나는 웃을 수 없다.

"어이, 어이, 그렇게 심각한 얼굴 하지 마. 너는 파울로의 아들이잖아? 파울로라면, 이럴 때 더 웃을걸? 아니, 하지만 죽기 직전의 파울로였다면, 안 웃나. 녀석도, 안 본 사이에 나이를 먹었으니까…. 하지만, 너는, 가슴을 펴. 허무한 기쁨이라도, 기뻐하라고."

"안 그러면, 내 마음이 아프잖아. 모처럼, 전 세계를 돌면서, 검신과, 북신과, 귀신을 동료로 끌어들이고, 자, 해치워 주마, 라고 기합을 넣었다가, 잘 안 풀린 내가, 바보 같잖아."

"그야, 나는 아군을 잘 조종하지 못했어. 마지막에도 리스크를 짊어지고, 바디를 보내고, 이 꼴이야. 하지만 하다못해, 강적이었다고 생각해 줘. 그렇게, 여겨지고 싶어."

기스는 어느 틈에 울고 있었다.

재로 시커메진 얼굴에 눈물이 흘렀다.

그걸 보고 나는 기스가 결코 대충한 게 아니라고 이해했다.

"알았어, 기스. 너는 강했어. 분명히 나는 지금 이렇게 서 있지. 하지만 뭔가 하나라도 어그러졌으면 분명 입장은 반대였어. 지금까지 중에서 제일 괴롭고 힘든 싸움이었어."

"헤…헤헤, 고마워, 루데우스."

강했던 건 틀림없다. 나는 그에게 이기기까지 1년 걸렸다. 1년 들여서 준비를 하고… 아니, 더 긴 시간을 들여 차곡차곡 모아 온 것을 부딪쳤다.

강하지 않을 리가 없다.

"기스."

거기서 길레느가 앞으로 나섰다.

길레느가 기스를 내려다보았다. 그 표정은 앞머리에 가려서 잘 보이지 않았다.

"여어, 길레느. 오랜만이야."

"그래."

"먼저 간다."

"그래, 파울로에게 안부 전해라."

"음⋯. 혹시 너도 오면, 그때는, 마시자고. 취한 파울로가 네 가슴에 얼굴을 묻고, 제니스가 토라지는 걸, 또 보고 싶어."

"제니스는 한동안 안 가. 내가 먼저겠지."

"헤, 알고 있어⋯. 뭐, 다들 모이면 또, 그러자는, 거야⋯."

거기서 기스의 움직임이 멈추었다.

기스의 뭔가가 스윽 빠져나갔다.

이야기 도중이었는데 갑자기.

"⋯⋯."

길레느의 귀가 꿈틀 움직였다.

꼬리가 힘없이 쳐졌다.

"⋯죽었다."

기스가, 죽었다.

기스를 쓰러뜨렸다.

그렇게 생각해도 좋을 텐데, 역시 마음은 편치 않았다.

내가 쇼크를 받은 것이다.

역시 지인이 눈앞에서 죽는 건 마음이 편할 수 없다.

적이고, 쓰러뜨려야만 한다는 의식은 있었다.

하지만 딱히 기스를 진심으로 미워했던 건 아니다.

물론 이번 싸움에서 패배하고 에리스나 누군가가 죽었으면 증오했을지도 모르지만.

그랬으면 지금 심경은 더 후련했을까.

증오스러운 녀석을 해치우고 복수하겠다고.

모르겠다.

다만 내가 말할 수 있는 건, 이렇게 복잡한 생각을 할 수 있는 것은 이번 싸움에서 내 소중한 이가 하나도 없어지지 않았기 때문이다.

나는 승리 조건을 채웠다.

올스테드의 힘을 온존한 채로 사도를 전멸시켰다.

고전도 했고 실패도 있었지만, 나로서는 보기 드문 완전 승리다.

기스가 그런 식으로 죽었으니, 자랑하고 싶을 뿐일지도 모른다.

혹시나 더 잘 풀렸으면 기스가 이쪽으로 넘어왔을지도 모른다는 식의 생각을, 마음속 어딘가로는 품고 있었을지도 모른다.

말해도 소용없는 이야기다.

뭐, 하다못해 뼈를 가지고 돌아가서 묘 정도는 만들어 주자.

파울로의 옆이면 되겠지. 같이 술을 마시고 싶다고 했으니까.

기스의 사체를 불태우면서 나는 그런 생각을 했다.

"……."

길레느는 우리가 기스를 화장하는 모습을 계속 지켜보았다.

끝나고 뼈를 회수한 뒤에, 기분 탓인지 그 귀와 꼬리에 기운이 없어 보였다.

"돌아갈까요."

"그래."

계곡을 건넜다.

어찌 되었든 이번에야말로 끝이다.

지쳤다. 마력도 거의 다 바닥났다. 체력적으로도 완전히 지쳤다.

누우면 이번에야말로 의식이 사라지겠지. 바디가디를 봉인할 때까지 잠들 수는 없지만….

하지만 얼른 샤리아로 돌아가고 싶다.

일단 침대에서 푹 자고 싶다.

일어나면 밥을 먹자.

쌀밥을 먹자. 그래, 이 나라에는 간장이 있다. 완벽한 달걀밥을 먹을 수 있다.

돌아가면 먹자.

배터지게 먹자.

그 후에는 역시 야한 짓을 해야지. 기스와 함께 금욕의 루데우스는 죽었다.

실피와, 록시와, 에리스와… 누구랑 할까.

아예 동시에 셋은 어떨까. 에리스는 싫어하겠지만, 그래도 한 번 정도는 부탁해 보는 것도 괜찮지 않을까.

모처럼이니까. 그래, 모처럼이고.

이번 싸움의 반성회는 나중이다.

기스가 말했던 것도 지금은 일단 잊자.

아무튼 쉬자.

지쳤다.

"…루데우스."

내가 지친 몸을 끌듯이 걷고 있자, 뒤에서 목소리가 들렸다.

루이젤드였다.

제일 마지막을 걷던 그는 뒤를 돌아보고 있었다.

뒤, 계곡 쪽을.

"왜 그러나요?"

"적이다."

"예?"

계곡 가장자리를 잡고 있었다.

손. 손이다. 뭔가가 계곡에서 올라왔다.

뭔가? 아니, 뭔가라는 모호한 표현으로는 안 된다.

그 손. 손의 색깔은 금색이다. 금색의 갑옷이다.

"거짓말이지?"

바디가디. 너무 빠르지 않나?

하지만, 그래. 생각해 보면 나는 팔을 몇 개 자른 뒤에 몸을 계곡 밑으로 떨어뜨렸다.

몸은 거의 소멸한 걸로 보였지만, 그래도 꽤 큰 파츠가 남아 있어도 이상하지 않다.

아니면 사소하게 남은 부분을 집결시키면 단기간의 부활이 가능했던 걸까.

불사신의 마왕은 그렇게까지 불사신인가…?

"……."

굳어 있는 우리를 무시하고 갑옷이 계곡에서 올라왔다.

하지만 형태가 달랐다.

팔은 두 개라서 쓰러뜨렸을 때와 마찬가지지만, 전체적인 디자인이 바뀌었다.

투구 모양도 다르고, 덩치도 작았다.

2미터도 안 된다.

게다가 검을 들고 있었다. 거대한 검이다.

왕룡왕에게서 만들어진, 세계 최강의 검을.

아니다.

이 녀석은 아니다. 바디가디가 아니다.

"영웅은 아무리 궁지에 몰려도 부활하고 역전한다. 역시 그런 식으로 되어 있어."

그 목소리와 영웅이라는 말.

잊을 수 있을 리가 없다.

"북신 칼맨 3세, 알렉산더 라이백…!"

살아 있었나.

죽었다고 생각했는데. 그때는 꿈쩍도 하지 않았는데. 살아 있었나.

하지만 그런가.

생각해 보면 그도 불사마족의 혈통. 시간만 들이면 부활할 수 있다는 소린가.

아니, 다르다.

등골이 오싹했다. 이해해 버렸다.

저거다. 기스가 말했던 '마지막 작전'이다.

이건가. 처음부터 이럴 생각이었나. 아니면 도중부터 바꾼 걸까.

이상했다. 투신갑옷이 재생하지 않는 것은 이상하다 싶었다.

그건 의도적으로 재생시키지 않은 것이다. 그리고 계곡 밑에서 알렉이 투신갑옷을 입고 부활했다.

어쩌면 어제 기스가 죽은 척했을 때에, 그 밑준비를 했을지도 모른다.

계곡 밑에 투신갑옷과 바디가디의 일부를 떨어뜨리고, 알렉을 부활시키기 위해서….

제길.

아직도 해야 하는 건가. 아직도 싸워야 하는 건가.

이제 질렸다. 그만 끝내도 되잖아. 적당히 좀 하라고, 왜 한

번 쓰러뜨린 녀석을 지금 또 꺼내는 거야.

아니, 내 탓인가.

알렉의 사체를 제대로 확인하지 않았다. 쓰러뜨렸다, 그걸로 끝이라고 믿고, 그대로 방치했다.

불태우기라도 했으면 또 다를지도 모르지만, 그대로 남겼다.

하지만 그 상황에서, 그 이상 뭘 어쩌면 좋았을까.

뭐… 좋아.

지나간 일, 이미 일어난 일이다.

어떻게 한다. 이제 0식은 없다. 원군도 없다.

길레느와 이졸테와 루이젤드. 그리고 마력이 고갈 직전인 나.

무기도 방어구도 없다. 작전도 없다. 이길 수 있을 것 같지 않다.

뭘 하면 좋지?

뭘 하면, 투신갑옷을 입은 북신 칼맨 3세에게 이길 수 있지?

올스테드에게 나서 달라고 해? 바보 같은 소리. 뭘 위해 내가 여기에 있는데?

그럼 하다못해 힘을 줄여야…. 어떻게 해서?

"……."

멍하니 계속 바라보는 나를 알렉은 보았다.

내가 거기에 있는 것에 아무런 의문도 갖지 않듯이. 기다리고 있었던 게 당연하다고 하듯이.

"루데우스 그레이랫…. 미숙한 놈이라고 했던 것을 사과하겠습니다. 당신은 훌륭한 전사입니다. 겉보기와 달리 내게 어울리는 적이었습니다. 덕분에 나는 또 한층 강해질 수 있었습니다. 감사의 말을 하죠."

축 늘어진 몸을 황금갑옷으로 돌렸다.

어차피 도망쳐 봤자 따라잡힌다. 시간을 벌 수 있을 정도의 전력도 없다.

그럼 발버둥치자. 남은 모든 것을 써서 발버둥치자. 그것만을 생각하며 발을 내딛….

"…어?"

어느 틈에 바닥에 쓰러져 있었다.

"지금의 나는 누구에게도 이길 수 있습니다."

알렉에게 날아갔다는 사실을 깨달은 것은 주위에 세 명이 나뒹굴고 있었기 때문이다.

루이젤드도, 길레느도, 이졸테도.

일격에 날아갔다고.

"나를 더 강하게 만들어 준 답례입니다. 루데우스. 목숨만큼은 살려 드리죠."

한 발 늦게 격통이 일었다. 다리가 부러진 상태였다.

너무 빠르다. 아무것도 알 수 없었다.

예견안을 뜨고 있지 않았다고 해도, 아무런 반응도 할 수 없었다.

아니, 나 이외의 세 명 중 아무도 반응할 수 없었다. 가령 예견안을 뜨고 있었다고 해도 변함없을까.

이게 투신갑옷의 진짜 힘이란 걸까.

안에 든 이가 강할수록 그것을 향상시킨다….

아니, 그것도 아닌가. 딱히 바디가디가 약했던 건 아니다. 그건 그거대로 강했다.

다만 안에 든 이가 다르면 성능이 휙 바뀔 뿐. 안에 든 자에 맞게 형태를 바꾼다….

최강의 갑옷.

"그럼 이만."

떠나가는 알렉.

놀라고 있을 틈은 없다. 나는 바로 치유 마술을 외워서 주위의 세 명을 치료했다.

세 명은 기절한 상태였다. 빈사긴 하지만 아직 죽지 않았다.

알렉의 온정일까. 제길, 아직도 얕보고 있는 건가.

뭐, 좋아. 나쁜 일은 아니다.

세 사람을 치료한 뒤에 그 몸을 어스 포레스트로 숨기고 알렉을 쫓아갔다.

쫓아가서 어떻게 할지 계획은 없다. 실피는 이미 마을에 도착했을까, 올스테드는 어떻게 움직일 생각일까.

모르겠다.

하지만 그의 행선지에는 지켜야 하는 게 있다.

에리스와 실피와 노른. 그리고 스펠드족 사람들도 그렇다.

유린당해선 안 된다.

쫓아가지 않을 이유가 없다.

다리는 잘 움직이지 않았다. 덜덜 떨리면서 내 뜻과 다른 반응을 돌려주고 있었다.

하지만 그래도 달렸다.

황금갑옷을 쫓아서 앞으로 나아갔다.

스펠드족의 마을은 너무나도 조용했다.

거기 도착했을 때 이미 모든 게 다 끝나 버렸다고 생각할 정도로.

"…왜지, 왜 아무도 없지!"

알렉이 소리치고 있었다.

입구의 목책을 넘어서 안에 들어갔을 때, 그곳에는 아무도 없었다.

스펠드족이 없다. 노른도 줄리도 없다. 부상자로 실려 왔을 크리프나 다른 이들도.

올스테드에게 전언을 남겨 주었을 터인 실피나 에리스도.

전혀 기척이 없었다.

사람들이 홀연히 모습을 감춘 듯했다.

"어떻게 된 거지! 루데우스는 여기를 지키고 있던 게 아니었나?!"

그래. 나는 여기를 지키고 있었어.

이상하네. 아까까지는 다들 여기 있었는데.

시간도 얼마 안 지났고…. 어떻게 된 일이지?

여기서 계곡까지의 시간이 세 시간 정도로. 갈 때는 0식을 타고 꽤나 서둘렀으니까 한 시간 정도라고 치고, 그 뒤로 바디가디와 싸우고, 기스를 찾고, 돌아왔으니… 대여섯 시간 전인가?

그때는 분명히 다들 있었다.

서둘러서 오느라 주위를 별로 보지 않았지만, 다들 있었을 것이다.

어라? 아니, 잠깐만. 왠지 좀 많지 않았나?

없을 터인 녀석이 있지 않았던가?

"제길… 너한테 또 완전히 속은 건가… 루데우스 그레이랫!"

알렉이 돌아봤다.

온몸에서 분노의 기운을 내뿜으며 돌아봤다.

오해다. 나도 몰라.

지금 여기에 올스테드가 없다면, 왜 나는 이렇게 위험한 녀석을 쫓아온 걸까.

바보 같잖아. 목숨을 건져서 다행이라고 생각하고 숲 밖으로 도망치면 좋았을 텐데.

"올스테드도 스펠드족도 처음부터 없었다. 그런 소립니까?"

"…아니, 스펠드족은… 루이젤드 씨도 있었지 않습니까."

당장이라도 공격해 올 듯한 기척을 느끼면서 뒤로 물러났다.

진짜 뭐가 뭔지 모르겠다.

어쩌면 이건 내가 꾸는 꿈이 아닐까.

명왕 정도가 살아남아서 우리가 바디가디를 쓰러뜨린 즈음부터 꿈을 보여 주는 게 아닐까.

"살려 줄까 했는데, 그만두겠습니다. 그렇게까지 나와 끝까지 싸우고 싶다면 원하는 대로 해 주지요…."

이런. 무슨 소리를 하는 건지 모르겠다.

도망쳐야 한다. 싸울 이유가 없다. 도망쳐야.

그렇게 생각하고 발길을 돌리려던 때….

오싹, 하고 등골이 얼어붙었다.

발이 멈췄다.

알렉이 뭔가 했나?

아니, 그게 아니다. 그 또한 굳어 있다.

"뭐, 뭐지, 이 한기는?"

겁먹은 소리를 내며 주위를 둘러보고 있다. 투신갑옷을 손에 넣었는데 왜 그렇게 겁을 먹은 걸까.

왜?

그건 저주이기 때문이다. 인간을 공포에 빠뜨리는 저주 때문이다.

물론 내게는 그 저주가 통용되지 않는다. 다만 그 저주를 발하는 인물이 살기를 띠고 있다는 건 안다.

나는 이 살기에 대해 심각한 트라우마가 있다. 그러니까 무섭다.

"……."

살기 덩어리가 모습을 드러냈다.

스펠드족의 마을 안쪽에서.

낯익은 검은 헬멧 차림이 아니었다.

은발에 흰자위가 많아서 날카로운 눈. 무시무시한 얼굴을 한 남자는 천천히 이쪽으로 걸어왔다.

"루데우스."

"올스테드 님… 왜…."

올스테드.

그는 한손에 들었던 헬멧을 내게 던졌다.

다급히 받았다.

"실피에트에게 이야기를 들었을 때, 이미 크리프 그리몰의 마력은 고갈 직전이었다. 고로 바디가디와 투신을 봉인하기에는 불충분하다고 판단하고 어느 남자에게 고개를 숙이고 왔다.

그러니까 조금 늦었다. 용서해라."

아니, 그런 게 아니라. 왜 늦었냐는 이유를 묻는 게 아니라.

아무도 없는 이유를….

"하지만 이렇게 되었으니…."

그렇게 말하며 올스테드는 알렉을 보았다.

투신갑옷을 입은 북신 칼맨 3세를.

"뒷일은 맡겨라."

올스테드는 그렇게 말하고 한 걸음 앞으로 나섰다.

알렉이 겁먹은 듯이 한 걸음 뒤로 물러났다.

뭐가 뭔지 모르겠다. 나는 그저 올스테드에게 물었다.

"하지만 올스테드 님, 마력이…."

"이제 됐다. 이제 충분하다. 나도 각오를 했다."

올스테드는 고개를 내저었다.

"각오라니, 무슨…."

그는 나를 보고 살짝 미소 짓더니 각오를 다졌다.

세상에서 가장 무서운 얼굴을 하고 그는 말했다.

"나도 한 번 정도는 동료를 믿고 싸워 보고 싶다."

대화가 어떻게 이어지는 건지 잘 모르겠다.

하지만 왠지 마음에 남았다. 올스테드가 뭔가를 결의하고 그 말을 했다는 것을 알았다.

"…알겠습니다. 그럼 뒷일은 맡기겠습니다."

나는 물러났다.

이미 내가 할 수 있는 건 없었다.

올스테드가 싸우게 해선 안 된다고 생각했을 텐데, 입가가 살짝 풀어지는 게 느껴졌다.

나는 조금 착각하고 있었다.

정확히 뭐라고 표현할 순 없지만, 올스테드는 생각 이상으로 날 믿어 주고 있었다.

타산이 아니라 마음으로, 아군이라고 생각해 주고 있었다.

그리고 올스테드는 동료를 믿고 싸우고 싶다고 말해 줬다.

아군이 아니라 동료다.

지금부터는 혼자가 아니라 나와 함께. 나를 이용하는 게 아니라 나와 나란히.

그러니까 분명 이건 패배가 아니라고 생각한다.

나는 목적을 달성할 수 없었을지 모르지만, 분명 뭔가 다른 승리 조건을 만족했다.

그렇게 생각했다.

"자, '북신 칼맨 3세' 알렉산더 라이백."

"네가 '용신' 올스테드…인가."

이름을 불린 알렉이 검을 들었다.

저건 왕룡검 카작트.

그런가, 저걸로 싸우나. 투신갑옷에 왕룡검 카작트.

절망적인 최강 장비다. 하다못해 한쪽만이라도 안 쓰면 안 되나.

내가 뭔가 할 일은 없을까.

"딱 좋군."

그렇게 생각했지만 올스테드는 달리 생각한 모양이다.

검을 든 알렉에게 여유 넘치는 미소를 보냈다. 모든 것을 얼어붙게 하는 무시무시한 미소를.

"투신갑옷에 왕룡검 카자크트. 그렇게 두 개나 있으면 졌을 때의 변명도 할 수 없겠지?"

"뭐라고!"

알렉의 살기가 부풀어 올랐다.

"사람 놀리는 거냐?"

"그건 아니다."

올스테드는 그렇게 말하면서 오른손과 왼손을 모았다.

그리고 천천히 떼었다.

왼손에서 뭔가가 뽑혀져 나왔다.

칼 한 자루였다.

나는 그것을 본 순간 다리가 떨리는 것을 보았다.

그 칼, 딱 한 번 보았다. 올스테드는 그 칼을 딱 한마디 '신도'라고 불렀다.

엄청난 마력을 쓰는 칼이라고, 나는 그것밖에 모른다.

"완벽할 정도로 깨뜨리고 네 마음을 꺾을 뿐이다."

올스테드는 신도를 정안세로 들었다.

알렉이 분노를 드러냈다. 바르르 떨리는 살기를 내뿜으며 왕룡검을 들었다.

"할 수 있으면 해 봐라!"

'용신' 올스테드와 '투신갑옷'을 장비한 '북신' 알렉산더.

정말로 최후의 싸움이 시작되었다.

십여 분 뒤.

지룡 계곡의 숲 중 4분의 1이 소멸되었다.

불타 버린 들판이 된 황야, 부러진 나무들이 겹겹이 쌓여 뒹구는 가운데, 두 팔을 잃은 한 소년이 무릎 꿇고 있었다.

소년의 목에는 칼이 닿아 있었다.

아연실색한 얼굴로 칼을 든 상대의 얼굴을 올려다보는 소년.

은발에 무서운 눈동자.

그 몸에 상처라곤 하나도 없었다. 싸움 따윈 없었던 것처럼 멀쩡하게 서 있었다.

다만 옷이 조금 더러워진 정도일까.

"여기서 죽을지, 내 부하가 될지, 선택해라."

"……."

용신과 투신갑옷을 입은 북신.

그것은 어쩌면 전설의 싸움이라고 불러도 손색이 없을 정도의 카드였을지도 모른다.

세계에 남을 만한 대전 상대였을지도 모른다.

다만 그 내용은 전설의 싸움이라고 하기에 너무나도 조악했다.

너무나도 일방적이고 압도적이었다.

솔직히 내가 그 싸움을 말로 설명하기란 어렵다.

나는 분명히 지켜보고 있었다. 휘말려들어 죽을 뻔하면서 그것을 보았다.

하지만 너무 빨라서 거의 보이지 않았다. 예견안을 뜨고 있어도 두 사람이 뭘 한 건지 알 수 없었다.

다만 항상 올스테드가 우세인 싸움이었다는 것만큼은 알았다.

알렉이 그것을 뒤엎으려고 해도, 그때마다 전부 완벽할 만큼 박살 내 버렸다는 것을 알았다.

완벽한 역량의 차이가 있었다.

투신갑옷과 왕룡검을 가지고도 손가락 하나 댈 수 없었다.

투신갑옷은 완전히 깨졌다. 갑옷 자체의 재생은 시작되었지만, 알렉의 몸에서 분리되었다.

왕룡검은 알렉의 팔과 함께 근처에 떨어졌다.

이미 알렉에게 전의는 없었다.

패배자의 눈으로, 입을 반쯤 벌리고, 공포로 굳은 얼굴로, 눈물을 흘리며 올스테드를 올려다보고 있었다.

거기에는 영웅이 되겠다고 떠들던 소년의 얼굴이 없었다.

완전히 마음이 꺾인 한 명의 패배자가 있을 뿐이었다.

"…부하가, 되겠습니다."

긴 침묵 끝에, 알렉은 그렇게 말했다.

이번에야말로, 정말로, 마지막 싸움이 끝났다.

제4화 싸움의 끝

한 달이 경과했다.

나는 지금 지룡 계곡의 숲 출구 근처에 있다.

주위에는 급하게 지은 목조 가옥이 여럿 있고, 나무들을 베어서 만든 광장에는 수많은 사람들이 분주하게 오갔다. 스펠드족과 비헤이릴 왕국에서 고용한 인간 목수나 인부, 나무꾼… 그리고 루드 용병단.

"오빠, 동쪽 숲도 조금 밀어 줄 수 있어?"

물론 아이샤도 있다. 그녀는 마을을 활보하면서 곳곳에 지시를 내렸다.

리니아와 프루세나는 그 지시를 받은 단원을 지휘한다는 느낌이다.

이래선 누가 진짜 단장인지 모르겠군.

"그래, 알았어."

나도 그들과 섞여서 스펠드족의 마을 부흥에 임하고 있다.

마술로 숲을 밀어내거나 흙 마술로 집터를 닦거나 지룡 계곡과 마을까지의 길을 만드는 등.

할 일은 많이 있었다.

자.

왜 여기에 아이샤와 루드 용병단이 있는가. 왜 알렉이 왔을 때 올스테드 이외에 아무도 없었는가.

그걸 설명해야 하겠지.

물론 설명이라고 해도 한마디로 끝난다.

아이샤가 한 짓이다. 짓이라고 하면 무슨 못된 장난이라도 친 것 같으니까, 일이라고 바꿀까.

아이샤가 한 일이다.

전이마법진과 통신석판이 정지했을 때, 아이샤와 용병단 역시 극도의 혼란에 빠졌다.

먼 이국 땅에서 연락과 이동이 봉쇄되어 생겨난 불안과 초조함.

그런 와중에 아이샤는 냉정했다.

냉정하게 상황을 판단하고 생각했다. 현장에서 싸움이 시작되었다면 국경 부근에 있는 자신들이 현장에 가도 너무 늦고,

가능한 일은 한정될 것이라고.

아이샤가 내린 결론은, 기스가 탈출할 가능성을 고려하면서 전이마법진의 회복에 임하는 것이었다.

말하자면 인프라의 복구다.

그렇긴 해도 전이마법진뿐만이 아니라 아이샤가 갖고 있던 예비 마법진에 대응하는 사무소의 마법진 또한 모두 파괴되었다. 쓸 수단이 없다.

나라면 그렇게 포기했겠지. 실제로 포기했다.

하지만 아이샤는 생각했다.

그녀의 천재적인 두뇌는 떠올린 것이다. 어느 인물의 비술을.

그 비술이란 한쪽이 파괴된 전이마법진을 파악하고, 대응하는 마법진을 새로 그리는 것으로 마음대로 이동하는 기술이다.

어느 인물이란 누구인가.

그래, '갑룡왕' 페르기우스 도라다.

그녀는 페르기우스에게 부탁하기 위해 국경 부근의 칠대열강의 비석을 수색.

발견하자마자 페르기우스의 피리를 써서 공중성채로.

우리가 마족을 도우려 한다는 것을 알고 페르기우스는 썩 마음에 들지 않아 했지만, 어느 말을 계기로 '딱 하나만 이어 주지'라고 말하였고, 아이샤는 국경 부근의 마법진과 스펠드족의 마을에 있는 마법진을 잇는 쪽을 선택했다.

그렇게 된 거다.

"용케 페르기우스 님이 승낙해 줬네."

"좀처럼 내키지 않는 기색이었지만, 이 싸움에서 올스테드에게 빚을 지워 줄 수 있다고 했더니 승낙해 주셨어."

그 후로 내가 싸우는 도중에 스펠드족의 마을로 이동.

사정을 듣고 바로 전이마법진을 이용하여 주민들과 기타 등등을 국경 부근의 도시로 피난시켰다…라고.

혹시 샤리아로 돌아간 록시가 마도갑옷 0식의 소환이 아니라 평범한 전이마법진을 우선했다면 자칫 헛수고가 될 뻔했지만….

아슬아슬하게 록시의 실수를 아이샤가 커버했다는 느낌이다.

어쩔 수 없다고 해도, 그런 점은 록시도 꽤나 미안해하고 풀이 죽은 기색이었다.

"이 근처?"

"응, 파앗 하고 해 버려. 넓게 만드는 편이 좋겠지?"

"그래야겠지? 알았어."

"끝나면 또 불러 줘. 목재 같은 자재 운반은 용병단한테 시킬 테니까."

"오케이."

그리고 싸움이 끝난 지 한 달이 지났다.

경계하면서 싸움에 대비했지만, 다음 싸움은 없었다.

더 이상 싸움은 없겠지.

그렇게 해서 록시, 실피, 자노바 같은 이들은 샤리아로 돌려보냈다. 에리스도 그들을 호위한다는 명목으로 동행시켰다.

0식의 소환마법진이나 피난에 썼던 마법진은 올스테드와 알렉의 싸움으로 날아갔기 때문에, 또 페르기우스의 힘을 빌리게 되었다.

샤리아로 돌려보낸 이들은 사무소의 재건이나, 통신석판, 전이마법진의 복구에 임하게 했다.

샤리아 쪽은 아무 일도 없었던 모양이다. 접수를 맡은 엘프도 무사. 사무소 지하에 잠든 무기, 방어구들이나 매일 올스테드가 작성했던 서류가 파묻힌 정도다.

피난했던 스펠드족들은 국경 부근에서 제2도시 이렐의 마법진으로 재접속해서 돌아왔다.

그 후에 정식으로 비헤이릴 왕국에게 국민으로 받아들여졌다.

비헤이릴 왕국은 스펠드족을 국민으로 받아들이는 것에 긍정적이었다.

제3도시와 귀신도 잃은 그들은 반대할 수 있는 입장이 아니라는 상황도 있었겠지.

국내에 받아들이는 조치를 하면서 마을에서 최소 세 명의 스펠드족을 파견하여 나라를 위해 종사하게 한다는 조건이 추가로 나왔다.

이건 귀족과 같은 조건이라는 모양이다.

일단 그 세 명의 선정도 끝나고, 현재는 마을의 부흥을 위해 움직이고 있다.

이대로 아무 일도 없이 부흥이 계속되면, 비헤이릴 왕국 안에 스펠드족이 있을 곳이 생기겠지.

사도를 모두 쓰러뜨리고, 스펠드족과 귀족, 비헤이릴 왕국을 동료로 포섭했다.

우리는 이겼다.

하지만 과연 정말 승리했다고 할 수 있을까.

"루데우스 님."

"산도르 씨."

이런 생각을 하면서 삼림 벌채를 계속하는데, 어느 틈에 산도르가 뒤에 서 있었다.

산도르만이 아니다. 길레느와 이졸테, 도가의 모습도 있었다.

산도르가 돌아온 것은 싸움 후 열흘 정도 경과한 뒤였다.

그는 투신과의 싸움에서 빈사 상태가 될 정도로 중상을 입고 바다로 날아갔다고 한다.

하지만 어떻게든 귀귀섬에 표착, 그곳에서 회복에 힘썼다는 모양이다.

투신과 싸워서 용케 살아 돌아왔다고 해야 할까.

다만 재회했을 때는 꽤나 서먹한 눈치였다.

역시 북신 칼맨의 이름을 가졌으면서도 진 것이 부끄러운 걸 지도 모르겠다.

아니, 그런 것과 관계없이, 평소부터 거물 행세를 했으니까 부끄러운 걸지도….

"수고하십니다. 무슨 일 있습니까?"

"아뇨. 다만 우리는 슬슬 아슬라로 돌아갈까 해서요. 작별 인사를 하러…."

"…아."

이들의 일은 끝났다.

그들은 어디까지나 아리엘의 부하다. 싸움이 없다면 돌아가 야만 한다.

"산도르 씨, 고마웠습니다. 당신이 없었으면 이 상황도 오지 않았겠죠."

"감사의 말이라면 아리엘 폐하께."

"물론입니다. 폐하께는 앞으로 무슨 일이 있으면 바로 내게 알려 달라고 전해 주세요. 협력은 아끼지 않겠다고."

"알겠습니다."

산도르, 도가, 길레느, 이졸테.

모두 왕급 이상의 강력한 검사다.

이 정도의 카드를 준비해 준 아리엘에게는 아무리 감사해도 부족하다.

"길레느도. 고마웠습니다."

"아니, 그런 말은 됐다…. 다음에 또 성묘하러 갈까 한다."

"알겠습니다. 기다리겠습니다."

길레느는 그 말뿐이었다.

"도가도, 고마워. 계곡에 떨어졌을 때, 네가 없었으면 난 죽었어."

"알겠다."

"혹시 개인적으로 무슨 문제가 생기면 알려 줘. 나도 목숨 빚을 갚고 싶으니까."

"알겠다."

도가는 '알겠다'라는 말 뿐이다. 하지만 조금 적적한 눈치다.

"이졸테 씨도 고마웠습니다. 거기서 앞을 막아 주지 않았으면 나는 죽었죠."

"아뇨, 배울 게 많은 싸움이었습니다. 이쪽이야말로 고맙습니다."

이졸테는 우아하게 인사하고 생긋 웃었다.

여전히 얼굴도 그렇고 행동거지도 멋진 사람이다.

이런데 미혼이라니, 아슬라 남자들은 대체 뭘 하는 거냐 싶을 정도다.

"의사단분들에게도 잘 전해 주세요."

"예, 그럼… 실례하겠습니다."

산도르는 인사하고 발길을 돌렸다.

하지만 그 뒷모습을 보니, 나는 잊고 있던 말을 깨닫고 불러

세웠다.

"저기, 아토페 님의 일은 유감입니다."

산도르는 돌아왔다.

하지만 돌아온 것은 그뿐이었다.

아토페는 여전히 행방불명이다.

바다에 쓸려갔다는 모양이다. 앞으로 몇 년은 발견되지 않겠지. 무어도 마찬가지다.

"…어머니라면 걱정할 필요 없겠죠. 얼마 지나면 또 불쑥 얼굴을 내밀 겁니다. 정말로 유감인 것은 귀신 님이겠죠."

"그렇…군요."

귀신은 사망이 확인되었다.

그는 투신갑옷을 상대로 선전했지만, 불사마족은 아니다. 마지막에는 힘이 다해서 사망했다.

모처럼 화해했는데. 아쉬운 일이다.

"물론 죽은 이를 아쉬워한다고 돌아오는 일은 없습니다."

"그렇군요. 앞날을 봐야겠지요."

나는 그와 약속했다.

그가 죽으면 귀족의 생존자를 보호하기로.

현재로선 귀족을 위협하는 존재는 없지만, 혹시 무슨 일이 생겼을 때에는 약속만이라도 지키고 싶다.

"그럼 실례하겠습니다."

"예, 수고하셨습니다."

"아, 그렇지… 알렉을 잘 부탁드립니다."

"…예."

산도르는 그렇게 말하고 떠났다.

그리고 그들을 대신하듯이 크리프가 다가오는 모습이 보였다.

엘리나리제와 함께 있었다.

"루데우스."

"크리프 선배."

"그들도 돌아가나."

"예, 크리프 선배도 돌아갑니까?"

"그래. 일단 정리된 모양이고…. 결국 역병의 원인은 알 수 없었지만, 한 달이 경과해도 재발하지 않았고 사는 장소도 바꾸었으니…. 일단 돌아가기로 했어."

크리프에게도 크게 신세졌다.

그가 없었으면 역병을 치료할 수 없었겠지. 역병이라고 하지만 명왕의 짓이었을지도 모른다.

"크리프 선배, 고마웠습니다. 선배가 와 주지 않았으면 어떻게 되었을지…."

"뭐, 다름 아닌 너니까 자력으로 알아서 했을 거라 생각하지만. 또 역병이 재발하면 연락 줘."

"예…. 크리프 선배에게는 신세만 져서 뭐라고 감사의 말을 해야 좋을지."

"내가 리제와 크라이브를 두고 미리스에서 열심히 활동할 수 있는 건, 네 가족이 샤리아에서 돌봐 주고 있기 때문이야. 피차 마찬가지지."

그렇게 말해 준다니 고맙다.

"그럼 또…. 아, 돌아가는 길에 너희 집에도 들를 생각인데, 뭐 전할 말 있어?"

"금방 돌아간다고만 해 주세요."

"알았다."

크리프는 그렇게 말하고 떠나갔다.

마지막으로 엘리나리제가 내게 윙크했다. 그녀에게도 신세 졌지만 아무런 말도 하지 않았군…. 뭐, 이웃이기도 하니까 행동으로 보여 주자.

하지만 이번에는 많은 이들에게 도움을 받았다.

일단 크리프. 그가 없었으면 스펠드족은 역병으로 전멸했을지도 모른다.

산도르와 도가. 그들이 없었으면 나는 여기에 서 있을 수 없겠지.

아토페의 타이밍도 정말 좋았다. 아토페 핸드에, 정확한 타이밍에 귀귀섬을 공격. 이렇게 살아 있는 것은 아토페 덕이라고 할 수 있다.

그 아토페를 행방불명 상태로 놔두는 건 너무 은혜를 모르는 짓이니까, 좀 진정되면 바다에 나가서라도 찾아보고 싶다.

싸움은 끝났고 모두가 돌아갔다.

커다란 이벤트가 끝나고 해산하는 느낌과 비슷하다.

왠지 적적하군.

"좋았어."

그렇게 생각하는 도중에 삼림 벌채가 끝났다.

눈앞에 펼쳐진 깨끗한 대지. 뿌리까지 뽑힌 나무는 흙 마술로 깨끗하게 모아 두었다.

내가 봐도 괜찮은 솜씨다.

"어디, 아이샤는…."

돌아보니, 마침 루이젤드와 노른이 걸어오고 있었다.

"아, 오빠."

"노른! 마침 잘왔어. 아이샤에게 벌채가 끝났다고 전해 주지 않을래?"

"예, 알겠습니다."

노른은 바로 발길을 돌려서 마을 쪽으로 달려갔다.

남겨진 루이젤드는 나에게 걸어왔다.

"루데우스."

"루이젤드 씨."

"미안하군. 도움만 받아서."

"그런 말은 하지 않기로 약속했잖아요, 아빠~"

"그런 약속은 하지 않았다."

"그렇죠."

루이젤드는 마을 부흥에 종사하고 있다.

그 후에도 아마 우리의 사무소에 드나들기는 하겠지만, 비헤이릴 왕국과의 교섭을 주로 맡게 되겠지.

노른은 그런 루이젤드에게 꼭 붙어서 다니고 있다.

노른도 이 마을이 정리될 때까지 이쪽에서 일을 거들 생각인 모양이다.

"마을이 완성되면 샤리아에도 와 주세요."

"그래, 나도 네 아이들이 보고 싶다."

"엄청 귀여워요."

"자기 자식은 그런 법이지."

루이젤드는 웃으며 나를 보았다. 눈높이는 그리 차이가 없다.

"…너는 정말로 강해졌군. 칠대열강까지 될 줄은 생각도 못했다."

"지금이라면 루이젤드 씨도 쉽게 될 수 있을걸요. 루이젤드 씨라면 나 같은 건 한 방이에요, 한 방."

"농담 마라."

"하지만 내가 혼자 힘으로 그렇게 된 게 아니라는 건 분명하니까요."

"그것도 네 힘이겠지."

"글쎄요."

"……."

루이젤드는 잠시 나를 보고 가볍게 웃더니, 목에 걸고 있던 펜던트를 빼서 내게 내밀었다.

록시의 팬던트다.

"지금이야말로 이걸 돌려주지."

"하지만 이건….."

"역시 이건 네가 가지고 있어라."

처음에 루이젤드와 헤어질 때 그에게 건넸던 펜던트.

록시의 펜던트. 어느 틈에 나의 고유 마크 같이 된 펜던트.

내가 이 세계를 걷기 시작한 계기가 된 펜던트다.

"알겠습니다."

나는 펜던트를 받았다.

과거에 이걸 그에게 건넨 것은 사소한 이유 때문이었다.

헤어질 때, 돌려줄 필요는 없으니 가지고 다녀 달라고 바랐다. 어쩌면 그와의 접점이 필요해서.

하지만 지금은 돌려받았다.

이미 그는 동료니까. 앞으로도 한동안 헤어질 일은 없으니까.

"루이젤드 씨, 앞으로도 잘 부탁합니다."

"그래. 역부족일지도 모르지만."

"부족한 건 서로 도와서 메우죠."

"훗, 그래."

나는 웃었고, 루이젤드도 미소 지었다.

노른이 용병단을 데리고 돌아오고, 루이젤드도 떠났다.

나는 현장을 떠나 마법진 쪽으로 걸어갔다.

슬슬 일단 샤리아로 돌아갈까 생각한 것이다.

"!"

그때 나는 전방에서 걸어오는 인물을 깨달았다.

올스테드다. 평소처럼 검은 헬멧.

혼자가 아니다. 그의 뒤에는 흑발의 소년이 충신처럼 따르고 있었다.

알렉산더 라이백이다.

"……."

그날 이후로 그는 올스테드의 부하로 따라다니게 되었다.

마치 아토페를 따르는 무어처럼. 페르기우스를 따르는 실바릴처럼.

백 년 전부터 이 포지션으로 있었다고 하듯이.

내 쪽이 고참이라고 주장하고 싶지만, 싸움이 나면 지니까 아무 말 하지 않는다.

하지만 그의 모습을 보면 아무래도 경계하게 된다.

"무슨 일이라도?"

"…아냐."

"잘못하고 있다면 말씀해 주세요. 바로 고칠 테니."

물론 내가 경계하든 말든 알렉은 그날 이후로 얌전해졌다.

뭔가 꿍꿍이가 있는 게 아닐까 싶을 정도로 얌전해졌다. 올스테드는 물론이고 나에게도 절대 복종이다.

"경계하는 건 알겠습니다. 하지만 저는 지난번 싸움으로 주제를 알았습니다. 제가 얼마나 미숙하고 작았는지를. 한동안은 올스테드 님과 루데우스 님의 밑에서 수련을 쌓고, 그 과정에서 다시 한번 영웅이란 무엇인가, 북신이란 무엇인가를 찾을 생각입니다. 그 증거로서, 그리고 스스로를 다스리는 과정으로, 이렇게 제 팔을 봉인했으니까요."

그렇게 말하며 알렉은 오른손을 내밀었다.

그의 오른손은 손목 근처가 잘려 나가고, 절단면에는 무늬가 새겨져 있었다.

올스테드가 건 봉인술이다.

불사마족의 피가 흐르는 알렉은 갈가리 찢겨도 재생한다.

바디가디나 아토페 정도의 속도는 아니라지만, 시간을 들이면 확실히 재생한다.

그래서 그는 자기 오른팔을 베어 내고, 재생하지 않도록 올스테드에게 봉인을 부탁했다.

충성의 증거로.

참고로 그 봉인마법진에 마력을 넣은 건 나다.

"왼손뿐이라면 위협이 되지 않겠죠."

"…아니, 너라면 두 팔이 없어도 나한테 이길 것 같아. 박치기 같은 걸로."

"겸손의 말씀을…. 아뇨, 그런 겸손이 중요한 거겠죠. 앞으로도 지도 편달 부탁드립니다."

"어, 어어…. 하지만 정말로 그렇게 생각하니까…."

올스테드는 그런 알렉을 신용하는 건지, 곁에 두고서 아무 말도 하지 않았다.

하지만 나는 언젠가 알렉에게 뒤에서 찔릴 것만 같았다.

솔직히 무섭다. 그렇게 똑똑한 녀석이 아니라는 건 알아도 무서운 건 무섭다.

"…저기, 열강의 지위 같은 게 또 탐나면 말해. 금방 내놓을 테니까."

"아뇨, 그건 제가 더 이상 미숙하지 않다고 생각되었을 때 다시 한번 부탁드리겠습니다."

"말로 하기다? 뒤에서 기습하면 안 된다?"

"혹시 루데우스 님이 아니라 검신님에게 도전할지도 모르겠지만, 물론 그때는 정면에서 당당히!"

"칼등치기로 하기다? 죽고 죽이기는 없기다?"

"예!"

현재 내 열강의 순위는 7위.

1위 '기신' 라플라스.

2위 '용신' 올스테드.

3위 '투신' 바디가디.

4위 '마신' 라플라스.

5위 '사신' 란돌프.

6위 '검신' 지노 블리츠.

7위 '진흙탕' 루데우스 그레이랫.

이라는 형태다.

나만 뭔가 어울리지 않는 느낌이 강해서 싫어진다.

앞으로 열강의 순위를 탐내며 덤비는 놈도 있겠지. 마음이 무겁다.

물론 내 마크는 미굴드족의 마크다.

지금까지 나 자신이 그 마크를 내세운 적은 드물다. 아까 록시 펜던트를 돌려받았지만, 그걸 내세울 생각은 없으니 누가 열강인지 알기 어렵겠지.

지명도도 그리 높지 않을 테고, 애초에 도전자는 없을 거다. 응.

한동안은 7위 '정체불명'으로 가고 싶다. 응.

참고로 그 싸움으로 투신의 순위는 변함없었다.

올스테드 왈, 투신갑옷을 완전히 파괴하지 않는 한 변동이 없을 거란다.

나는 의욕이 넘치는 표정의 알렉에게서 시선을 거두고 올스테드를 보았다.

"올스테드 님… 저기, 몸은 좀 어떻습니까?"

나는 대화를 묵묵히 듣고 있던 올스테드에게 고개를 돌렸다.

"나쁘지 않군. 마력을 조금 쓴 정도로는 그리 나빠질 리 없다.”

마지막 싸움에서 올스테드는 마력을 썼다.

대량의 마력이다. 전체량의 절반 정도라고 했다.

내 눈으로는 낙승으로 보였고, 실제로 HP가 최대치에 MP를 절반밖에 안 썼다니까 낙승임이 틀림없다.

하지만 이 MP가 회복되지 않는다면 이야기는 다르다.

올스테드는 이 싸움에서, 라플라스와 인신을 위해 온존했던 마력을 쓴 것이다.

우리는 승리했다.

하지만 인신 또한 승리 조건을 만족시켰다.

그것을 승리라고 할 수 있을까.

“동료는 늘고 적은 줄었다. 앞으로 마력을 쓸 기회는 지금 이상으로 줄어들겠지.”

물론 올스테드는 신경 쓰지 않는 눈치였다.

될 대로 되라는 걸지도 모른다.

“하지만 괜찮은 겁니까?”

“그렇지 않다고 해도, 이번에는 평소와 다르다. 그럼 평소와 다른 방향으로 가면 될 뿐이다. 그럴 각오는 되어 있다.”

올스테드는 내게 걸어 주었다.

라플라스와 인신에게 쓸 마력을 써서라도 나와 함께 싸우면 된다고 생각해 주었다.

이번에는 완전히 승리라고 생각하는 모양이다.

그가 이겼다고 생각한다면 승리겠지.

실제로 사망자도 그리 많이 나오지 않았고.

귀신과 스펠드족 몇 명, 아토페 친위대 몇 명.

이쪽의 피해는 그것뿐이다.

패배라고 생각할 요소는 올스테드의 마력뿐이다.

"아, 그리고 무슨 일 있습니까?"

"슬슬 샤리아로 돌아가려고 한다."

"알겠습니다. 나도 일단 돌아갈까 했습니다…. 아, 하지만 사무소는 아직 재건되지 않았을 텐데요?"

"괜찮다. 잘 곳 정도는 있겠지."

전이마법진용 지하실은 최소한 마술로 파냈다고 해도, 앞으로 수복 작업을 계속하려면 확장 작업도 필요하겠지.

이번에 귀신에게 파괴되는 일을 겪었으니 그런 대책도 생각해야만 한다.

물론 지금으로선 좋은 생각이 떠오르지 않는다. 아예 주요 나라 이외의 마법진은 없는 편이 좋을지도 모르겠다. 지금까지 적에게 이용되어 공격당할 가능성을 전혀 고려하지 않았고.

"그 전에 마지막으로 녀석의 모습을 보러 갈까 해서."

"……."

녀석인가.

"함께 가겠습니다."

★　★　★

그날 밤, 나와 올스테드는 지룡 계곡으로 향했다.

지룡 계곡 아래.

파란 버섯과 이끼가 난 평탄한 길. 벽면에 숨겨지듯 만들어진 작은 굴.

높이 1미터 정도의 굴이며 구불구불한 탓에, 밖에서 보면 금방 막혀 있는 것으로도 보인다.

하지만 10미터 정도 안에 들어가면 커다란 공간이 있었다.

거기에는 한 자루 검을 중심으로 거대한 마법진이 빛을 발하고 있었다.

거대하다고 해도 기껏해야 반경 5미터.

그 안에 한 남자가 드러누워 있었다.

"흠, 왔나."

마왕 바디가디다.

그의 육체는 다섯 조각으로 분리되어, 각각 이 계곡의 다른 장소에 봉인되었다.

본체가 이거다.

이 결계는 다른 네 개의 봉인을 풀지 않으면 풀 수 없다.

그리고 결계는 바디가디의 육체의 마력으로 작동하며, 투신 갑옷과 왕룡검으로 증폭되어 유지된다.

반영구적으로 계속 작동한다.

페르기우스가 만든 결계마법진.

마신을 봉인하기 위해 만들어진 신급 결계 마술이다.

모체인 봉인 대상과 매개체인 마도구가 강하면 강할수록 결계의 강도는 강해진다.

투신갑옷에 왕룡검까지 사용한 이 결계는 올스테드라도 탈출 수단이 없을 만큼 강력하다는 모양이다.

두 개의 신급 장비를 결계의 일부로 사용하는 건 조금 아까울지도 모른다.

하지만 양쪽 다 우리가 쓰기보다는 적이 쓰는 편이 무서운 도구다.

최근에도 전이마법진을 적에게 이용당한 판이니, 아예 여기서 이렇게 써 버리는 것도 나쁘지 않다.

이 봉인이 있는 한 바디가디만이 아니라 투신갑옷도 왕룡검도 봉인된 거나 마찬가지니까.

이게 돌파당한다면 포기할 수밖에 없다.

그런 판단이다.

올스테드는 이 결계의 설치를 페르기우스에게 부탁했다.

고개를 숙이며 힘을 빌려 달라고. 그리고 페르기우스는 그걸 승낙했다.

그건 이번 결계 설치를 위한 이야기가 아니다.

페르기우스는 올스테드의 동포, 동료가 되었다.

하지만 페르기우스는 나중에 죽여야 하는 상대. 올스테드는 배신의 길을 선택한 것이다.

나는 페르기우스에게도, 올스테드에게도 은혜를 입었다.

개인적으로 복잡한 마음이다.

하지만 올스테드가 그 길을 선택하고 싶지 않았던 건 안다. 그러면서 올스테드가 선택한 길이라면 내가 가타부타 할 수 없다.

하다못해 용족의 비보란 것을 쓰지 않고 인신에게 가는 방법을 알면 좋겠지만, 조금 연구한 정도로 그리 쉽게 찾을 수 없다는 것도 안다.

뭐, 그건 내가 생각해야 할 일이 아닐지도 모른다.

지금은 눈앞의 상대를 보자.

"죄송합니다, 폐하. 인신의 사도가 되셨으니 이럴 수밖에 없어서."

"비좁군. 조금 더 움직일 수는 없나?"

바디가디는 열반에 든 부처의 포즈인 채로 거만하게 말했다.

감옥에 대해 일가견을 가진 나도 이 봉인 결계는 비좁다고 생각한다.

하지만 그렇다고 죽일 수는 없다.

죽이지 말아 달라는 게 키시리카의 부탁이기도 했다.

"죄송합니다만, 이게 한계입니다."

"흠, 그럼 어쩔 수 없군."

바디가디는 그렇게 말하고 푸하하 소리 내어 웃었다.

팔은 두 개. 몸도 전과 비교하면 작아졌다.

봉인의 결과다.

"그래서 뭘 하러 왔지? 설마 나의 멋진 모습을 안주 삼아 술이라도 마시러 온 건 아니겠지?"

"올스테드 님이 할 이야기가 있다고."

그렇게 말하고 나는 올스테드에게 자리를 양보했다.

"마왕 바디가디여."

"흠, 안녕하신가, 용신 나리. 오늘은 무슨 일이지?"

"인신을 버리고 내게 붙어라."

바디가디는 순간 놀란 눈치였다.

하지만 곧 커다란 목소리로 웃었다.

"푸하하하하하하하하!"

동굴 안에 바디가디의 웃음소리가 메아리 쳤다.

"미움받는 자인 용족이 불사마족인 나에게 부하가 되라고 말하는 건가?"

"한때는 적이 되었지만, 자네는 루데우스의 친구다. 알렉스도, 알렉산더도, 아토페도 이쪽에 붙었다. 일고의 여지는 있겠지?"

"없다!"

딱 잘라 그렇게 말했다.

"어째서입니까, 친이조부님."

입구 근처에 서 있던 알렉이 앞으로 나섰다.

"당신은 패배했잖습니까? 불사마족의 규율에 따라….."

"알렉, 착각하지 마라. 그건 불사마족의 규율이 아니다. 아토페의 룰이다."

"그럼 친이조부님은 인신이란 놈에게 충성을 맹세했습니까?"

"아니."

바디가디는 몸을 일으키고 고개를 내저었다.

그리고 두 개 밖에 없는 팔로 팔짱을 끼고 가부좌를 틀었다.

"나는 원래 누군가와 싸우는 걸 좋아하지 않지. 여행을 하고 술을 마시고 웃고, 거기서 만난 여자를 꼬드기고 안고, 때로는 약혼녀의 투덜거림을 듣고, 친구를 만들고 술을 마시고 웃고 노래하고, 지친 자들이 만족스럽게 잠든 얼굴을 보는 것을 좋아한다. 이번에는 인신이 고개를 숙이며 부탁했기에 나선 것 뿐이다. 꼭 좀 루데우스 그레이랫과 용신 올스테드를 죽여 달라고 말이지. 지금 나와 키시리카가 같은 시대에 사는 것은 누구 덕인가. 4200년 전의 일을 떠올리고 과거의 은혜를 갚아 달라고 했다. 거기에 대해 나는 '딱 한 번이다'라는 말로 승낙했다."

"……"

"그리고 그 한 번은 끝났다. 이미 나는 누구의 편도 들지 않는다! 싸울 거냐, 여기에 봉인될 거냐의 선택이라면 나는 봉인되련다."

그런 거라면 꺼내 줘도 괜찮지 않을까.

물론 인신의 사도인 이상, 그런 말에 넘어간다는 느낌으로 풀어 줄 수 없지만.

으음….

"어차피 자네와 인신의 싸움이 끝나면 꺼내 주겠지?"

고민하는 내게 바디가디가 씨익 웃으며 그렇게 말했다.

"…그래."

끄덕이는 올스테드를 보고 나는 깨달았다.

그렇다.

내가 살아 있는 동안은 무리겠지만, 올스테드가 인신과의 싸움에서 승리하면 바디가디를 붙잡아 둘 이유도 없어진다.

"백 년은 지나야겠지."

"금방 아닌가. 얌전히 기다리도록 하지."

바디가디는 그렇게 말하고 또 드러누웠다.

올스테드는 고개를 끄덕이고 발길을 돌렸다.

이걸로 이야기는 끝인가.

너무 짧군.

"폐하… 이럴 때에 이런 이야기도 그렇지만, 마법 대학에서 돌봐 주셔서 감사드립니다."

"음. 루데우스여, 이게 마지막일지도 모르지만 축하한다고 말해 두지."

"축하, 입니까?"

"너는 이겼다. 그러니 축하해야지."

"정말로 이긴 걸까요…."

고민스러운 점은 그거다.

결국 올스테드는 마력을 썼다.

마지막 순간에 흠이 나 버렸다.

하지만 바디가디는 그걸 언급하지 않았다.

"음. 너는 인신에게 패배감을 주었다."

"패배감, 입니까?"

"너는 인신에게 '이 녀석은 무슨 짓을 해도 죽일 수 없다'라는 인상을 주었지. 인신은 완전히 의욕을 잃었지. 마지막에 본 인신의 모습은 말로 설명하기 어렵지만, 그야말로 패배자의 모습이었다. 그럼 그것과 싸운 이가 승리한 게 아니면 뭐라고 하겠나."

"…그게 사실입니까?"

"뭣하면 그 팔찌를 벗고 한번 만나 보면 되겠지."

바디가디의 손짓에 나는 무심코 팔찌를 손으로 숨겼다.

"그건… 사양하겠습니다."

"그런가, 그것도 좋겠지."

그 수에는 안 넘어간다.

나는 더 이상 인신과 만나고 싶지 않다.

하지만. 분명히 계곡 밑에서 보았을 때는 꽤나 안달하는 기색이었다.

이번 승리로 인신이 큰 패배감을 얻었다는 건 진짜일지도 모른다.

그걸로 의욕을 잃고 아무짓도 안 하게 된다는 건 믿을 수 없지만.

"이야기는 끝인가?"

"내가 할 말은 더 이상."

"그런가. 그럼 건강하거라."

올스테드의 뒤를 따라서 나도 발길을 돌렸다. 그때 견디기 힘들다는 표정으로 알렉이 뛰어나갔다.

"친이조부님…. 저는…."

"알렉산더여. 영웅이 되고 싶다면 자신의 진정한 적을 찾도록 해라. 너의 아버지는 결국 찾지 못한 것이다. 그 적을 쓰러뜨렸을 때 너는 아버지를 뛰어넘는 영웅이 되겠지."

"…알겠습니다."

알렉 또한 발길을 돌렸다.

나는 아마 이걸로 바디가디와 더 이상 만날 수 없겠지.

몇 년에 한 번 정도 얼굴을 보러 와도 좋지만, 어찌니 저쩌니 하다가 봉인을 풀지도 모른다.

그럼 안 오는 편이 낫다.

마법 대학 출신의 다른 이들에게도 바디가디가 여기 봉인되었다고 가르쳐 주지 않았다.

이 장소를 아는 이는 나와 올스테드, 루이젤드, 알렉, 그리고 페르기우스까지 다섯 명뿐이다.

루이젤드에게는 마을 입구에서 이 계곡을 찾아오는 이가 없는지 경계해 달라고 부탁했다.

그리고 이 지룡 계곡의 밑에는 내려갈 수 있는 자도, 올라올 수 있는 이도 적다.

백년 정도라면 우연이라도 봉인이 풀리는 일은 없겠지.

그리고 또….

"루데우스, 입구를."

"예."

작게 만든 입구를 막았다. 일부러 파내지 않는 이상 발견될 일은 없다.

작별이다.

"젊은 용신이여. 바라건대 자네의 저주가 풀리기를."

마지막에 바디가디의 목소리가 희미하게 들린 것 같았다.

다음 날.

아직 이른 시간에, 해가 뜨기도 전에 샤리아로 돌아왔다.

새로 짓는 도중인 새로운 사무소. 아직 잔해가 남은 이전의 사무소.

건설 지휘를 맡고 있던 자노바나 다른 이들이 간이 숙박소 안에서 비좁게 자고 있었다.

자노바에게도 이번에는 신세를 졌다. 그와는 앞으로도 서로 돕는 관계이고 싶다.

"그럼 루데우스. 앞으로도 부탁한다."

그리고 올스테드와도.

"예."

나는 도시 외곽에서 올스테드와 헤어져서 아침이 된 도시를 걸었다.

손에는 비헤이릴 왕국에서 받은 선물을 들고 있다. 특히나 간장의 존재는 크다. 앞으로 이 간장이 있으면 나는 평생 밥 먹는 덴 문제없겠지. 간장은 뭐랑도 잘 어울리니까. 아니, 그건 좀 과언인가.

주위를 둘러보니, 이전과 다름없는 샤리아의 풍경.

사람들의 모습도 다를 바 없다. 지금부터 밭일에 나가는 사람, 숙소의 안뜰에서 트레이닝하는 모험가. 대학 교사일까? 로브 차림의 남자 모습도 보였다.

그들과 엇갈리면서 나는 눈이 쌓인 길을 걸었다.

중앙 광장을 경유하여 거주 구역으로.

그 광경이 왜인지 그립게 느껴졌다.

매일 걷는 길인데, 왜인지 간신히 돌아왔다는 마음이 샘솟았다.

나는 큰길에서 뒷골목으로 들어갔다. 마차도 다니지 못할 정도로 좁은 길, 아주 약간 지름길인 이 길은 나에게 익숙한 곳이다.

골목을 빠져나가니 우리 집이 보이기 시작했다.

문기둥에 달라붙은 비트는 내가 다가가자 문을 열어 주었다.

정원에는 손질이 필요한 텃밭.

아르마딜로 지로가 내 모습을 보고 몸을 비볐다. 머리를 쓰다듬어 주자, 벌렁 드러누워 배를 보여 주었다. 배를 쓰다듬어 주자 기분 좋은 듯이 그르릉 소리를 내었다. 귀여운 녀석이다.

그때 현관문이 큰 소리를 내며 열렸다.

"아빠!"

뛰어나온 사람은 나와 같은 색 머리의 조그만 소녀.

루시다.

루시는 그대로 내 무릎에 태클을 걸 기세로 달려와서, 나는 웅크려 앉아서 받아 주었다.

토옹 하고 제법 느껴지는 충격과 함께 따스하고 부드러운 존재가 내 품에 뛰어들었다.

항상 실피의 뒤에 숨어만 있어서 그랬을까, 오랜만이란 느낌이었다.

"다녀왔어, 루시."

"…다녀오셨어요!"

"잘 있었어?"

"응! 있잖아, 라라랑 아르스랑 지크를 돌봤어!"

"그래, 그래. 루시는 착한 누나구나."

내가 그렇게 말하자, 루시는 날 끌어안은 팔에 힘을 주었다.

나는 루시를 안아들고 현관으로 들어갔다.

집 안에서는 왠지 마음이 놓이는 냄새가 났다.

익숙한 우리 집 냄새다.

처음에 집을 샀을 때 이후로 식구가 늘고 생활하면서 변해 갔고, 하지만 익숙해져서 무슨 냄새인지는 알 수 없게 되었지만, 오랫동안 돌아오지 않은 탓인지, 아니면 사지를 헤쳐 나왔기 때문인지, 몸에서 괜한 힘이 빠져나갔다.

마음이 놓였다.

여기가 내 집이구나 하는 냄새다.

"다녀오셨습니까, 주인님."

"리랴 씨, 어머니."

내가 그런 집 냄새를 들이마시고 있자, 계단 위에 리랴와 제니스의 모습이 보였다.

리랴는 내 모습을 보자 깊이 고개를 숙였다.

"리랴 씨, 그동안 고생 많았습니다."

"아뇨, 주인님도 무사히 돌아오셔서 다행입니다."

"노른과 아이샤는 저쪽에서 조금 더 있을 모양이에요."

"알겠습니다. 그리고 정말로 무사해서 다행입니다…. 샤리아 교외의, 용신님의 사무소가 습격을 받았을 때는 정말로 불안했습니다…. 정말로, 정말로 용케 무사히…."

리랴는 한동안 태연히 대화했지만, 곧 참지 못하고 입가를

손으로 누르고 어깨를 떨며 울기 시작했다.

"걱정을, 끼쳐드렸네요…."

연락할 방법도 없었으니까 어쩔 수 없었다고 해도, 분명히 내가 일하는 회사의 사무소가 적 회사의 습격을 받아 파괴되면 걱정하겠지.

실제로 그 걱정대로 되어도 이상하지 않았다.

내가 아니라 누군가가 없어져도 이상하지 않은 싸움이었다.

누군가가 없어지지 않도록 열심히 노력했지만, 그래도 가족 중에서 사망자가 나오지 않은 것은 기적이라고 할 수 있겠지.

그렇긴 해도 두 번 다시 이런 일이 없도록 하겠다고 말할 수 있다.

"한동안 큰 싸움은 없을 것 같으니까 안심하세요."

"…예. 흉한 모습을 보여 드려 죄송합니다."

어느 틈에 리랴의 등을 제니스가 쓰다듬고 있었다.

제니스에게 걱정을 끼쳤겠지. 제니스는 감정이 결여된 것 같은 느낌이 있지만, 걱정 정도는 해 준 거겠지. 그런 사람이니까.

아무튼.

"다녀왔습니다."

집에 들어오자, 나는 간신히 기스와의 기나긴 싸움이 끝났음을 다시 한번 실감했다.

★　★　★

싸움이 끝이 났음을 실감한 다음 날.

나는 안절부절못하고 있었다.

기스와의 싸움이 끝났다는 것은 나의 맹세도 끝을 알렸다는 뜻이다.

음, 즉 그런 거다.

싸움이 너무나도 길어서 그게 자연스러워지고 있었지만, 아침부터 몸이 자기주장을 시작했기에 나도 떠올렸다.

그래, 내 이름은 루데우스 그레이랫.

파울로 그레이랫의 아들이고, 하반신에 신용이 없는 점을 물려받은 남자다.

오랫동안 몸을 고생시키고 인내시켰다.

나는 그 덕분에 열심히 노력했다고도 할 수 있다.

보답해야만 한다. 맹세는 달성했다.

나는 아직 해가 뜨기 전인데 침대에서 나와 계단을 내려가서 현관으로 향했다.

현관에는 성수 레오와 에리스가 있었다.

"어머, 루데우스. 오늘은 일찍 일어났네."

"안녕, 에리스, 다른 사람은?"

"무사해."

"그게 아니라, 뭐 하고 있어?"

"…리랴와 실피는 아침 준비, 록시랑 애들과 어머님은 아직 자고 있어. 나는 아침 연습이 끝났으니까 조금 뛰고 오려고."

"그래?"

나는 중얼거리며 에리스의 손을 잡았다.

에리스는 답하듯이 내 손을 꼭 맞잡았다.

아침 연습이 끝난 후라서 그런지 약간 따뜻하다.

바라보자, 에리스의 얼굴도 약간 붉어졌다.

"뭐, 뭐야?"

"에리스, 오늘은 쉬도록 하자."

"아, 알았어."

뭘 할 건지 눈치를 챘다는 듯이 '알았어'란 대답.

얼굴에 드러난 건지도 모른다.

정답이다.

"레오, 미안하지만 산책은 취소야."

"…워우."

레오는 조금 아쉬운 표정이었지만, 내 손을 살짝 핥은 뒤에 집 안으로 돌아갔다.

에리스와 손을 잡은 채로 집 안에 들어갔다.

그리고 그대로 주방으로 향했다.

주방에서는 리랴와 실피가 나란히 요리를 하는 중이었다.

"실피."

무직전생 26권 특별부록

©Rifujin na Magonote 2022   Illustration : Shirotaka
KADOKAWA CORPORATION
NOT FOR SALE

"아, 좋은 아침, 루디. 오늘은 일찍 일어났네."

"좋은 아침입니다, 주인님."

평소처럼 미소를 보여 주는 실피와 리랴.

나는 실피에게 다가가서, 스스로 생각해도 놀랄 만큼 자연스러운 미소와 함께 말했다.

"실피, 오늘은 쉬도록 하자."

"어? 갑자기 휴일은 무슨…."

고개를 갸웃거리는 실피.

하지만 리랴는 바로 이해한 모양이다.

"알겠습니다. 마님, 요리는 제가 할 테니까요."

"아… 그런 건가."

실피는 얼굴을 붉히면서 부끄러운 듯이 웃고, 에리스와는 반대편 손을 잡았다.

요리하느라 물을 만졌던 탓인지, 조금 차갑다.

"왠지 루디가 그런 소리를 하면서 아주 자연스러운 얼굴을 하길래 몰랐어. 에리스는 바로 알았어?"

"왠지 모르게 알았어!"

그런 대화를 들으면서 리랴를 보았다.

"리랴 씨, 점심 때까지 아이들을 부탁드립니다. 아, 그렇지, 저녁은 다들 외식이라도 할까요?"

"알겠습니다."

전부 다 이해했다는 미소라서 왠지 좀 창피하다.

하지만 이제 와서 창피할 것도 없나.

실피와 에리스, 두 사람의 손을 잡고 아이 방으로 향했다.

조용히 문을 열고 안을 보니, 네 아이가 숨소리를 내며 자고 있었다.

루시, 라라, 아르스, 지크.

그들을 지키듯이 방 구석에서 레오가 몸을 웅크리고 있었다.

이번 싸움 동안 몇 번이나 가족들을 걱정했다.

하지만 내 걱정과 달리, 아이들은 평화로웠다. 어쩌면 내가 모르는 곳에서 뭔가 싸움이 있었거나, 레오가 지켜 준 걸지도 모르지만….

아무튼 나는 아이들이 건강하게 있는 것을 확인한 후에 조용히 문을 닫았다.

이어서 계단을 올라가서 록시의 방으로 향했다.

예의상 노크를 했다.

"…예."

몇 초 후에 대답이 돌아왔다.

문을 열자, 졸린 얼굴의 록시가 보였다.

머리는 여기저기 뻗쳤고, 입가에는 침 자국이 있다.

잠옷의 가슴 부근이 풀어져서 안이 보일 것 같다. 정말 섹시하군.

"아… 루디. 안녕하세요. 무슨 일인가요, 이런 아침부터…."

"좋은 아침이에요, 록시. 오늘은 쉴까 하는데, 어때요?"

록시는 놀란 뒤에 쉰다는 의미를 이해한 모양이다.

뻗친 머리를 손으로 이리저리 만지작거리면서 얼굴을 붉히고.

"저는 상관없지만⋯."

내 오른손과 왼손을 붙잡고 있는 두 여성 중 한쪽을 보았다.

"에리스는 승낙했나요?"

에리스를 보았다.

그녀는 다소 놀란 얼굴로 얼굴을 붉히고 있었다.

"이제부터 물어보려고."

나는 에리스 쪽을 돌아보았다.

"에리스, 넷이서 침실로 가고 싶은데 괜찮을까?"

그러자 에리스는 의미를 이해한 모양이다.

얼굴을 더 붉히고 입술을 삐죽거렸다. 혹시 두 손이 비어 있었으면 평소의 포즈를 취했겠지.

"루데우스가 꼭 그러고 싶다면⋯."

미안, 에리스.

오늘은 나 자신에게 상을 좀 주고 싶어. 금욕의 루데우스랑 작별하고 싶어.

"고마워."

나는 그렇게 말했다.

에리스가 승낙해 준 것에만 그런 건 아니다. 지금까지 나를 도와준 세 사람에게 말했다.

누구 하나 빠짐없이 싸움을 마칠 수 있었던 것에 감사했다.

기스와 바디가디는 말했다.

이걸로 끝이라고.

인신은 더 이상 내게 손대지 않을 거라고.

물론 그런 말을 믿진 않는다.

인신이 살아 있는 이상 계속 내 적으로 있는다.

하지만 오늘 하루는 쉬자. 내일의 활력을 얻기 위해, 또 평온한 하루를 보내기 위해.

아직 웃을 수 있는 것을 실감하기 위해….

그렇게 말하긴 하지만, 실제로는 야한 짓을 하고 싶을 뿐이다.

자, 나는 오늘부터 해금의 루데우스다. 강하다.

그렇게 생각하면서 나는 침실로 향했다.

최종장

완결편

제1화 마지막 꿈

정신을 차리고 보니, 하얀 장소에 있었다.

익히 본 하얀 장소다.

이 세계에 전생한 뒤로 기껏해야 두 손으로 헤아릴 정도밖에 오지 않았지만, 그래도 몇 번 와 본, 하얗고 아무것도 없는 장소.

그리고 내 몸은 여기에 오면 여전히 전생 전의 모습이다.

튀어나온 배에 살이 붙은 손가락.

무거운 몸에 무력감. 하지만 신기하게도 싫다는 느낌은 들지 않는다. 가슴 깊은 곳에서 솟구치는 짜증은 느껴지지 않는다. 이건 이거대로 좋다고 생각했다.

이 장소에 오는 게 오랜만이기 때문일까.

아니면….

"…어라?"

이상하네. 오랜만이고 자시고 나는 팔찌를 벗은 기억이 없다. 벗을 리도 없다.

그런데 왜 이런 곳에 있을까.

어라?

애초에 나는 뭘 하고 있었을까. 오늘 자기 전에 하던 일이 떠오르지 않는다.

아마도 아이를 만드는 행위였을 것 같은데…. 하지만 오랫동안 그런 걸 하지 않았던 것도 같다. 최근 10년 정도는 그런 것과 거리가 멀었던 것도 같다.

왠지 기억이 모호하다.

"여어."

기억은 모호하지만, 눈앞은 잘 보인다. 이 하얀 장소에는 녀석이 있었다.

모자이크 덩어리. 인신이다.

하지만 어찌된 걸까. 인신의 모습이 뭔가 이상하다.

몸이 동강 났다. 게다가 사지가 각각 마법진 같은 곳에 붙들려서 반투명한 사슬로 묶여 있는 것처럼 보였다.

RPG의 라스트보스 같다.

뭐라고 할까, 오른발 근처부터 쓰러뜨리지 않으면 부활의 마법을 써서 귀찮을 것 같다.

"……."

왜 그래? 봉인된 ㅇ조디아 놀이야?

"당했어."

누구한테?

"네가 그 소리를 해?"

나 말고 누가 하는데? 이 자리에 나 말고 누가 있는데?

"…저쪽을 봐."

나는 그 말에 돌아보았다. 거기에는 많은 사람들이 있었다. 등을 돌리고 서 있었다.

모르는 녀석뿐이다. 모르는 남자와 모르는 여자. 모르는 마족과 모르는 인간.

모두 여덟 명 정도일까.

그중에 내가 아는 사람이 하나 있었다.

올스테드다. 그는 변함없지만, 변한 점도 있었다.

검은 헬멧이 없다. 그리고 얼굴에는 커다란 흉터가 남아 있었다.

흉터 때문에 평소보다 무서운 얼굴로 보였다. 하지만 주위에 있는 인간은 그를 향해 웃고 있었다. 올스테드는 여전히 무서운 얼굴이지만, 다소 부드러운 표정처럼 보였다.

대화 내용은 들리지 않지만, 그래도 서로 신뢰하는 것처럼 보였다.

이야기하는 사람은… 소년이다.

나이는 열일곱이나 열여덟 정도일까. 단발에 스포츠를 잘할 것 같은 미남이다.

리얼충의 얼굴이군. 얼굴은 동양 느낌일까. 그렇긴 해도 좋은 웃음이다. 올스테드의 저주에 영향을 받지 않는 걸까.

그를 보고 있는데, 집단 중에 한 여성이 나왔다. 숨어 있듯이 앉아 있던 그녀는 여성이라기보다 소녀라고 해야 할까.

파랑머리 소녀다. 바로 근처에는 하얗고 커다란 늑대가 앉아 있었다.

아, 그녀도 어디선가 본 적이 있군.

록시와 닮았다. 하지만 록시는 아니다. 미굴드족인 건 틀림없지만, 내가 록시를 잘못 볼 리가 없다. 그럼 누굴까.

혹시… 라라일까?

곰곰이 생각하고 있는데, 그녀가 나를 향해 손을 흔들었다.

아니, 내가 아니다. 내 뒤에 있는 인신을 향해 손을 흔들었겠지.

그러자 근처에 있던 남성이 그녀에게 말을 걸었다. 대충 뭘 하느냐고 물은 거겠지. 그녀가 뭐라고 대답하자, 남성은 놀란 얼굴로 이쪽을 보았다.

그 또한 동양풍의 얼굴이었다. 저런 타입의 얼굴은 이 세계에서 보기 힘들다.

어쩌면 일본인일까. 나이는 이십대… 서른은 안 되었을 것 같다.

그는 이쪽을 보더니 인사를 했다. 동작이 일본인 같았으니까 역시 일본인일지도 모른다.

그러고 있자 모두 일제히 이쪽을 보았다.

젊은이도 있고 노인도 있었다. 처음에는 여덟 명인 줄 알았는데, 더 많은 사람이 있었던 모양이다. 안개가 끼어서 잘 안 보인다. 아는 얼굴은 올스테드 정도인데….

아, 하지만 저건 에리스일까, 빨강머리를 양쪽으로 갈라땋은 검사도 이쪽을 보았다.

하지만 에리스랑은 좀 다르군….

그들은 이쪽을 향해 저마다 인사를 했다.

인신을 향한 것일까. 아니, 그렇다고 하면 조금 이상하다.

대체 뭘까.

그렇게 생각하면서 보고 있자, 그들은 라라가 그린 마법진을 통해 어딘가로 사라졌다.

갑자기 모두가 모습을 감추었다. 마법진이 남았다. 희미한 청색으로 빛나는 마법진. 그리고 잠시 후에 마법진도 빛을 잃고 사라졌다.

아무것도 남지 않게 되었다.

"그들은 몰려와서 나를 실컷 두들겨 패고, 이렇게 분해해서 봉인했어. 내가 죽으면 마지막으로 남은 인간계도 사라질지 모른다면서."

사라지는 거야?

"몰라. 죽어 본 적이 없으니까."

그런가. 그도 그런가. 자신이 죽은 뒤의 일은 아무도 모른다.

"만족했어?"

뭐가?

"이게 네가 원한 결말이야. 나는 모든 능력이 봉인되고 여기서 혼자 계속 살고 있어. 세계를 존속시키기 위해서 계속 살려

둔 거야. 이제 세계를 볼 수도 없어. 누군가에게 말을 걸 수도 없어. 앞으로 이 새하얗고 아무것도 없는 무계無界의 광경을 계속 보는 거야."

글쎄. 만족했는지 어떤지는 모르겠어.

내 목적은 널 어떻게 하는 게 아니었어. 다만 실피와 록시와 에리스와 행복하게 살고 싶었을 뿐이야. 일하러 가서 돈을 벌고, 돌아와서 가족들과 함께 밥을 먹고, 밤이 되면 침실에서 아이를 만들고.

그런 평범한… 아니, 행복한 생활이야.

내가 생각할 수 있는, 최대한으로 행복한, 평범한 생활이야.

"네 행복은 내 불행이야."

그런가. 그럼 만족했어.

네가 지금 최고로 불행한 모양이고. 네가 그렇게 되었다면 분명 나는 행복하겠지.

"그런가…. 그런가…. 정말 밉다."

인신의 표정은 모르겠다.

하지만 목소리는 밉다는 감정이 아니었다. 그저 슬픔에 휩싸여 있었다. 울 것 같은 목소리로 인신은 말했다.

"나는 네가 미워."

그런가, 나는 네가….

의식이 끊어졌다.

★　　★　　★

눈을 뜨니 침대였다.

커다란, 커다란 침대였다. 세 명 정도가 나란히 누워도 괜찮을 정도로 크고, 그리고 푹신푹신한 침대. 등에 닿는 부분이 조금 축축한 게 신경 쓰이지만, 그 이외는 쾌적하다.

옆에는 아무도 없었다. 목과 눈은 움직이지만, 몸은 잘 움직이지 않았다.

왠지 이상하게 이불이 무겁다.

시선만 움직여서 침대 밖을 보니, 그곳에는 한 빨강머리 소녀가 앉아 있었다.

눈꼬리가 곤두선 눈에 굳센 얼굴.

에리스를 닮았다. 하지만 머리는 얌전하게 땋은 머리고, 에리스보다 훨씬 작다. 키도 가슴도. 그도 그런가. 나이는 다섯 살 정도고.

그녀는 나와 눈이 마주치자, 손에 들고 있던 것을 떨어뜨리고 튀어나갔다.

덜컹 소리를 내며 의자가 쓰러졌고, 그녀가 넘어지려는 것을 나는 재빨리 받아 주었다.

몸이 안 움직이는데 어떻게 받아 준 걸까. 나도 잘 모르겠다.

다만 소녀는 공중에서 몸을 움직여서 넘어지는 일 없이 자세를 잡더니, 바닥에 발을 딛은 직후에 방에서 뛰쳐나갔다.

"엄마! 엄마! 증조할아버지가 눈을 떴어요!"

정신없이 뛰어가는 발소리를 들으면서 나는 그녀가 들고 있던 것을 보았다.

용신의 무늬가 새겨진 팔찌다. 푼 기억은 없었는데, 그래, 자고 있는 동안에 그녀가 풀었나.

나는 팔을 느릿느릿 움직여서 팔찌를 팔에 끼웠다.

이상하게 무겁다. 아니, 무거운 게 아니다. 힘이 안 들어가는 거다. 팔찌 하나 들어올릴 수도 없을 정도로 내 팔은 여위었다.

그때 방구석에 있던 거울이 눈에 들어왔다. 그곳에는 침대에 몸을 묻은, 당장이라도 죽을 듯한 노인의 모습이 있었다.

하얀 수염, 하얀 머리. 깊게 새겨진 주름. 얼굴 전체에서 죽음의 기운이 떠돌았다.

아아, 떠올랐다. 나는 올해로 일흔네 살이다.

어라? 하지만 그 이외의 일은 잘 떠오르지 않는다.

기억에 안개가 낀 것 같다. 내 집에, 이런 방이, 있었던가….

"루디?!"

하얀 머리의 여성이 방으로 뛰어 들어왔다.

나이는 40대 정도일까. 훌륭한 아줌마다.

그녀는 나와 눈이 마주치자, 바로 내 곁으로 달려와서 이불 위에 있던 손을 잡아 주었다.

"실피…야?"

"응… 그래. 그래, 루디. 실피에트야."

실피는 다정하게, 가르쳐 주듯이 말했다.

"나 알아보겠어?"

"응… 그래, 알겠어. 내가 어떻게 된 거지?"

"어떻게 된 건 아냐. 조금 오래 잤을 뿐."

잤을 뿐인가. 그래, 분명히 졸립군.

"하지만 몸이 안 움직여."

"응, 그래…. 응….."

실피는 질문에 대답해 주지 않았다. 다만 위로하듯이 내 손을 쓰다듬었다. 마치 치매 걸린 노인을 상대하듯이….

어라, 혹시 나는.

치매인가? 기억이 없는 건 그 탓인가? 어라?

일흔네 살이라니, 그런 나이가 아니었을 텐데…. 하지만 정말로 그런가? 실은 더 나이를 먹었나? 꽤나 오랫동안 치매 상태였나…?

나는 대체 얼마나 오랫동안 잠들어 있었던 걸까?

"무서워…."

"괜찮아, 내가 곁에 있으니까."

내 손을 붙잡은 실피의 손에 힘이 더 들어갔다.

그것만으로도 공포가 조금 흐려졌다. 하지만 아직 무섭다.

그렇게 생각하는데, 방 안에 줄줄이 사람들이 들어오는 게 보였다.

빨강머리, 파랑머리, 금발. 젊은이와 중년과 노인. 그들은 내가 누운 침대를 주욱 둘러싸듯이 섰다. 하나 같이 어디선가 본 듯한 얼굴이다.

"자, 루디. 다들 왔어."

"그래….."

하지만 어째서일까. 하나도 이름이 떠오르지 않는다.

아, 한 명 아는 사람이 있었다. 제일 마지막에 천천히 들어와서 문을 닫은 사람.

작은 키에 파랑머리 소녀. 머리는 양 갈래로 땋았다. 변함없군.

"록시."

"……루디."

그녀의 이름을 말하자, 그녀는 순간 울 것 같은 표정이었다.

하지만 곧 실피의 곁으로 왔다. 그리고 내 얼굴을 천천히 쓰다듬어 주었다.

"루디, 고생 많았습니다."

"고마워, 록시… 선생님."

선생님이란 말이 내 입에서 흘러나왔다.

록시의 눈에서 한 줄기 눈물이 흘러내렸다. 다급히 닦고 미소를 지었지만, 입은 제대로 미소를 짓지 못하고 일그러져 있었다.

그때 한 가지 의문이 떠올랐다.

"에리스는? 없어?"

평소라면 제일 먼저 달려올 여성의 모습이 보이지 않는다.

"루디, 에리스는 말이지, 먼저 갔어."

"어디에?"

"루디를, 기다리고 있어."

아아, 그래. 그런가.

"나는 그걸 지켜본 거야?"

"응. 괜찮아. 사흘이나 울었지만, 루디는 극복해 냈어."

아아, 흐릿하지만 기억이 났다.

에리스는 분명히 일흔 살이 넘어서도 원기 왕성하게 트레이닝을 했지.

하지만 어느 날, 아침에 한 바퀴 뛴 후 운동을 하고 돌아와, 침대에 쓰러져서 그대로 일어나지 못했다.

내가 알아차렸을 땐 이미 죽어 있었다. 어쩌면 더 일찍 깨달았으면 치유 마술을 걸어서 낫게 했을지도 모른다며 울었지….

하지만 그런가. 그런 것도 기억하지 못하나.

그렇다면, 나도, 이제, 머지않겠군….

"미안. 이렇게 모였는데, 누가 누군지, 모르겠어."

"응. 괜찮아. 어어… 저쪽부터 우리 손자고, 루시의 아들인 롤랜드야. 그 옆이…."

실피는 한 명씩 가리키며 가르쳐 주었다.

여기에 있는 사람들은 대부분이 손자나 증손자인 모양이다. 아이들은 어디로 간 걸까.

아, 모두 독립했던가. 다들 멀리서 살게 되었다.

"그리고 저기 빨강 머리에, 에리스를 닮은 애가, 아르스의 손녀고 루디의 증손녀인 페리스."

"아, 나를 깨워 준 아이구나."

빨강 머리 아이는 조금 겁먹은 기색이었다. 내 팔찌를 풀려고 한 것 때문에 야단맞지 않을까 기죽은 걸까. 하지만 그녀는 어디서 본 듯한 느낌이었다.

아… 그런가. 인신의 꿈이다. 여럿 모여 있는 가운데 그녀도 있었던 것 같다.

응, 그래. 있었다, 분명히 있었다. 지금보다 훨씬 나이를 먹었지만, 틀림없다.

"이리 오렴."

그렇게 말하자, 그녀는 울 것 같은 얼굴로 앞으로 나섰다.

"이거, 네가 벗겼니?"

팔찌를 가리키자, 그녀는 눈물을 흘렸다.

야단맞을 게 틀림없다고 보고 눈물 작전으로 들어갔나.

"죄송해요. 하지만 너무 예뻐서."

"그래. 그럼 네게 주마."

그렇게 말하자, 그녀는 놀란 얼굴로 나를 보았다.

"괜찮나요?"

"대신 두 번 다시 남의 것을 말없이 가져가면 안 된다?"

"…네, 약속할게요."

"그래, 착하구나."

천천히 손을 뻗어 머리를 쓰다듬어 주었다. 어쩌면 그녀는 나중에 꾸중을 들을지도 모르지만, 뭐, 괜찮겠지. 응석 좀 받아 준다고 내 책임이 되진 않겠고.

"다들 잘 지내고 있나 보군."

"응, 다들 건강해."

그 말을 듣고 안심했다.

이만큼 손주가 있고, 증손주가 있다면, 뭐, 다들 잘 지내는 거겠지.

"그건 다행이네. 애쓴 보람이 있었어…."

힘이 빠지자, 페리스의 머리에서 손이 흘러내렸다.

주위가 슬렁거렸다. 괜찮아. 갑자기 훅 가는 건 아냐. 조금 더 잠든 노인으로 있을게.

그렇게 생각하는데, 누군가가 방에 들어왔다.

키가 크다. 그리고 은발에 무서운 얼굴이다.

"루데우스."

"…올스테드 님."

그가 방에 들어온 순간, 방의 분위기가 변했다.

긴장? 경계? 아니다, 더 완만한 감정.

안도와 신뢰다.

"헬멧을 쓰지 않아도 괜찮은 겁니까?"

"음, 이걸 쓰면 네 손주들이 무서워하니까."

올스테드가 그렇게 말하자 다들 웃기 시작했다. 더는 안 울어요, 라든가, 예전에는 많이 울었지요, 라는 소리가 들렸다.

"이젠 맨얼굴 쪽이 두려움을 덜 사는군요."

"아니, 저주는 변함없다. 네 자손들만큼은 관계없지만."

올스테드의 얼굴은 처음 만났을 때보다 훨씬 누그러진 것으로 보였다. 무서운 얼굴인 건 변함없지만, 더 편안해졌다고 해야 할까.

"그러고 보니, 올스테드 님."

"왜 그러지?"

"아까 팔찌를 풀렀을 때 인신의 꿈을 꾸었습니다."

"…사도가 되었나?"

"글쎄요, 잘 모르겠네요. 진짜로 단순한 꿈이었을지도 모르고…. 혹시 사도가 되었으면 어쩌시겠습니까? 평소처럼 죽이시렵니까?"

"그래, 물론이다. 나는 배신자를 용서하지 않으니까."

올스테드는 진지하기 짝이 없는 얼굴로 말했지만, 농담이란 건 곧 알 수 있었다.

주위는 웃고 있고, 올스테드도 살기를 띤 게 아니다.

이제 곧 죽으려는 노인의 앞에서 할 말도 아닌 것 같지만… 어쩌면 흔히 주고받는 농담일지도 모른다.

"꿈에서는 올스테드 님이 인신에게 승리하고 인신을 봉인하였습니다."

"좋은 꿈이군."

"예, 아주 좋은 꿈이죠."

어쩌면 그건 미래에 일어날 일일지도 모른다.

리얼리티가 있었지만, 원래 꿈이란 건 언제든지 리얼리티가 있지.

"꿈이 현실이 되도록 애써 주세요."

올스테드는 진지한 얼굴로 끄덕였다.

역시나 50년 가깝게 얼굴을 맞대고 있으니, 그의 표정을 잘 알 수 있게 되었다.

"지금까지 고생 많았다. 너는 편안히 잠들어라."

"하하⋯. 아직 잠들기에는 이른 시간이지요."

조금 더 깨어 있고 싶다.

기분은 나쁘지 않다. 몸은 잘 움직이지 않지만, 햇살이 비쳐서 따뜻하니 기분 좋다.

"조금 더, 깨어 있겠습니다. 조금만 더⋯."

깨어 있는다고 딱히 하고 싶은 일이 있는 건 아니다. 다만 조금만 더, 조금만 더, 여기 있는 이들의 얼굴을 보고 싶었다.

그것뿐이다.

말하자면, 그래, 조금, 아쉬울 뿐이다.

한 시간이나 두 시간, 아니, 딱 10분이라도 좋으니까 그들을 보고 싶다.

해야 할 말이 있는 것은 아니다.

아무런 미련도 없었다. 아무런 후회도 없었다.

그저 조금, 지금의 이것이 기분 좋다. 그것뿐이다.

"조금만 더…."

그렇게 생각하면서도 내 눈꺼풀은 감기고 있었다.

차츰, 차츰, 감긴다. 마지막에 에리스와 닮은 얼굴의 아이가 보였다.

실피와 록시의 얼굴이 보였다.

눈을 감았다.

그대로 의식이 사라졌다.

제2화 34세

눈을 떴다.

신기한 꿈을 꾼 것 같다.

뭐랄까, 행복한 꿈이다.

실피와 록시가 있었다. 에리스는 없었지만, 에리스와 닮은 아이는 있었다.

흐릿한 꿈이지만, 확실히 기억한다.

내가 죽는 꿈이다. 왠지 모르지만, 나는 그 뒤로 두 번 다시 눈을 뜨지 않는다는 걸 알 수 있었다. 하지만 기분은 나쁘지 않았다. 정말로 죽는 건 두 번째지만, 첫 번째와 비교하면 천지 차이다.

"응?"

문득 보니, 한 소녀가 내 손을 잡고 굳어 있었다.

파랑머리 소녀. 뒷머리를 하나로 묶어 땋았다. 그녀의 오른손에는 내 손이, 왼손에는 팔찌가 쥐어져 있었다. 그 표정은 뱀 앞의 개구리 같은 것이었다.

"…죄송합니다."

갑자기 사과를 했다. 나쁜 짓을 했으면 사과한다, 교육의 성과겠지.

"갖고 싶어졌니?"

"…아니. 언니한테 아빠 팔찌 안에 엄청 멋진 문양이 있다고 말해서."

"호오."

물론 그런 문양 같은 건 존재하지 않는다. 나는 선택받은 민족이 아니니까.

하지만 잘 보니, 팔찌를 든 그녀의 옆. 사이드테이블 위에 붓이 놓여 있는 게 보였다. 그런 건 자기 전까지 없었을 텐데.

"그리려고 했구나."

"…죄송합니다."

거짓을 사실로 만들려는 행동력. 칭찬해야 할까, 화내야 할까. 아니, 여기선 화내야겠지. 응.

부모는 자식의 교육에 대한 책임이 있다. 음.

"라라, 거짓말을 하면 안 되지. 언니한테 사과하렴."

"예…."

가볍게 머리를 쓰다듬자, 라라는 풀 죽은 얼굴로 방에서 나갔다.

그녀가 방을 나갈 때 하얗고 커다란 털뭉치가 보였다. 레오가 방 밖에서 지키고 있었던 모양이다.

나는 팔찌를 찰까 하다가 문득 붓에 눈이 갔다.

나는 그걸로 내 팔에 미굴드족의 문장을 그리고 방에서 나갔다.

"으으… 머리 아프다…. 너무 마셨군."

어제 연회의 영향일까, 아니면 방금 전의 꿈 때문일까, 꽤나 아픈 머리를 누르면서.

비헤이릴 왕국에서 일어난 싸움 후로 약 10년의 세월이 지났다.

나는 올해로 서른네 살이 된다.

10년 동안 아주 평화로웠다. 인신의 방해가 없었기 때문이다. 정말로 그 싸움 이후로 뚝 그쳤다. 최근에는 인신의 ㅇ도 보이지 않는 해가 이어졌다.

물론 나는 경계를 늦추지 않았다.

언제 어디서 어떤 형태로 공격이 있을지 경계하면서, 전과 마찬가지로 라플라스와의 싸움을 대비한 준비를 계속했다.

그렇긴 해도 인신의 훼방이 없다면 만사는 잘 진행된다.

처음 5년 동안 세계 각국을 돌면서 호소했다.

응해 주지 않는 곳도 있었지만, 거의 모든 나라가 언젠가 올 라플라스와의 전쟁을 대비한 협력에 동의해 주었다.

그러니 지금은 마법 대학과 아슬라 왕국에서 무영창 마술의 연구와 지도에 힘을 기울이면서 라플라스가 행할 전략, 전술에 대한 대책을 각국의 군부에 지도하고 있다.

그와 동시에 '루데우스'의 이름을 감추고 '사일런트 세븐스타'의 이름으로 활동하게 되었다.

언젠가 말했던 나나호시의 가설이 정확한지는 모르지만, '혹시 원래 세계에서 친구가 왔을 때를 생각해서, 나를 찾는 실마리를 남겨 달라'는 그녀의 의견을 받아들여서 그녀의 이름을 퍼뜨렸다.

악명도 드날렸지만, 뭐, 괜찮겠지.

일단은 지명도가 우선이고, 이세계에서 온 인간이라면 내가 그녀의 이름으로 활동한다는 의미랄까, 편의성을 이해해 줄 것이다.

최근에는 올스테드의 마력 회복 속도를 올리기 위해 마력회복제 연구를 하고 있다. 일단 마력을 회복하는 포션은 만들었지만, 왜인지 올스테드의 마력은 회복되지 않는다. 인간과 용족의 마력의 질이 다른 걸까, 아니면 다른 이유가 있을까. 조금 더 연구를 진행해 보겠지만, 이쪽 방향으로는 안 될 것 같은 느낌이 든다.

일단 포션 자체는 빅히트 상품이 되었으니까 완전히 헛수고까지는 아니었지만.

그밖에도 해야 할 일이 많이 남아 있다. 아직 쉴 때가 아니다.

아이들은 많이 컸다.

루시는 17세.

라라는 15세. 아르스가 13세. 지크가 11세였던가?

다들 무럭무럭 성장했다.

그 후에 아이가 또 두 명 태어났다.

록시와의 사이에서 리리 그레이랫.

에리스와의 사이에서 크리스티나 그레이랫.

둘 다 딸이다.

육남매. 아이가 풍년이다.

루시가 일곱 살이 되었을 때 가족 회의를 열고, 교육의 대략적인 방침을 정했다.

그렇다고 해도 일곱 살 때부터 마법 대학에 입학시키고, 졸

203

업 후에 성년식을 열어 준 후에 아슬라 왕국의 국립 대학에서 3년 동안 공부한다는 정도다.

아이에게 강요하지 않는 편이 좋다는 게 내 지론이지만, 교육의 자리나 나아가야 할 방침의 지표는 준비해 주어야 한다고 생각한다.

아슬라 왕국의 국립 대학에 내 아이를 입학시키는 것은 아리엘의 바람이었다.

나는 아리엘에게 큰 빚을 졌다.

'혈연을 만들고 싶으니까 한 명은 제 사위로!'

라고 말하기에 그건 거절했지만, 아이를 입학시켜 달라는 정도라면 거부하기 어렵다. 빚은 조금씩 갚아 가고 싶다.

참고로 아리엘은 비헤이릴 왕국에서의 싸움 이후 자식을 낳았다.

상대에게 너무 큰 권력을 주지 않기 위해 결혼은 하지 않았다. 후궁에 수많은 남성을 두고 있다는 모양이다. 현재 아리엘은 다섯 명의 자식을 얻었지만, 그중 네 명은 누구의 아이인지 모른다며 루크가 새파란 얼굴로 고민했다.

그런 상태에서 한 명의 아버지는 알 것 같았는데… 지금 생각해 보면 어쩌면 그 아버지는 루크일지도 모른다.

아리엘은 다음 계획으로 내 아이와 그 다섯 명 중 누군가를 맺어 주려고 궁리하는 모양이다. 개인적으로 정략결혼에 이용당하는 건 싫지만, 성인이 된 본인들이 좋다고 하면 허락할 생각이다.

아이들은 아직 나이가 어리지만, 1년이 지날 때마다 어른이 되어 가는 걸 알 수 있었다.

특히나 루시는 이미 판단력 있는 훌륭한 어른이다.

그렇다고 어른이 더 어른이 되었느냐 하면 그런 것도 아니다.

나는 솔직히 나 자신의 변화를 모르겠다. 나쁜 점이 개선되었나 싶으면 또 다른 나쁜 점이 나온다. 고친 점이 다시 악화되기도 한다. 비슷한 일을 거듭하면서 나이만 먹어 가는 느낌이다.

얼굴만큼은 매년 늙어 가는 게 느껴졌다. 최근에는 볼살이 늘어지기 시작했다.

실피는 '그런 점도 좋아'라고 말했지만, 실피의 외모가 젊어서 왠지 미안한 느낌이다.

실피는 순조롭게 나이를 먹어 가는 것으로 보인다.

하지만 나와 동갑인 것치고 외모의 변화가 느리다.

나와 동갑이니까 올해로 서른넷일 텐데, 아직 스물 안팎으로 보인다. 피부도 탱탱하고, 아이를 둘 낳은 것치고 엉덩이도 작다. 여전히 안았을 때 기분 좋다.

다만 내면은 완전히 아줌… 엄마가 되어서 잔소리가 많아졌다.

록시는 변함없다.

외모도 변함없고, 행동이나 말에도 별로 변함없다…고 말하면 화내겠지만 칭찬이다.

여전히 내가 잘못을 하면 스승으로서 지도해 준다. 여전히 덤벙대지만 칠전팔기라고도 한다. 인생은 실패하면서 나아가는 것이다.

겉모습으로 따지면 에리스가 제일 많이 변했을까. 나와 마찬가지로 순조롭게 나이를 먹어 가는 느낌이다.

다만 평소부터 단련을 게을리 하지 않는 탓인지 나보다 훨씬 젊게 보인다. 피부 나이는 아직 이십대 후반 정도겠지.

아이를 둘 낳은 뒤로 성욕은 줄어든 모양이지만, 가끔씩 날 덮치기도 한다.

실피와는 달리 내면은 별로 변함없지만, 아이들에게 검술을 가르치게 된 이후로 이전보다 난폭함이 줄어든 느낌이다.

인내심이 강해졌다.

여전히 마음대로 엉덩이나 가슴을 만지면 때리지만, 그건 당연한 일이겠지.

리랴와 제니스는 눈에 띄게 늙어 갔다. 두 사람 다 아직 건강하지만, 리랴는 원래부터 다리가 안 좋았기 때문에 요통이나 어깨 결림 증상이 생겼다.

치유 마술로 치료하면 낫지만, 석 달 정도 있으면 재발한다. 완치는 꽤 어려운 모양이다.

다른 사람들은 순조롭게 나이를 먹었다.

자노바도 크리프도 이미 훌륭한 아저씨다. 각자 일과 가정을 가지고 분주하게 움직이고 있다. 혹시 누군가에게 문제가 생길 때는 서로 도와주기도 한다.

노른과 아이샤는 결혼해서 집을 나갔다.

상대는 각자 조금 복잡한 사람이지만…. 뭐, 그 점에 대해서는 확실히 이야기를 나누고 납득했으니까 이제 와서 내가 뭐라고 할 건 없다.

"……."

그렇긴 해도 서른넷.

뜻깊은 나이다.

그날 점심 무렵, 나는 어느 장소를 찾아갔다.

교외에 있는 높은 언덕 위, 둥그런 돌이 줄줄이 있는 장소.

묘지다.

"항상 수고하십니다."

평소처럼 입구에 있는 묘지기에게 한마디 인사를 건네고 안에 들어갔다.

이 묘지도 십년 동안 묘가 늘었다. 사람은 죽기도 하고 태어나기도 하지만, 묘비는 그리 줄지 않는다.

다른 묘지는 가족이 모두 죽으면 묘를 없애기도 하지만, 여기는 귀족용 묘지라서 그런지 집안이 통째로 없어지지 않는 이상 묘가 없어지는 일은 없다.

그리고 라노아 왕국과 마법도시 샤리아는 천천히 힘을 길렀다.

그와 함께 귀족의 숫자도 늘고, 묘도 늘어났다는 소리다.

나는 어느 묘비 앞에 섰다.

'파울로 그레이랫'.

그렇게 적힌 둥그런 묘비는 처음 세웠을 때와 비교해서 꽤나 세월의 흐름이 느껴졌다.

가져온 청소 도구로 그 주변을 청소하고 묘비를 닦았다.

그 후에 묘 앞에 술을 바치고 손을 모았다.

이곳에 온 건 오랜만이다.

예전에는 틈만 나면 와서 이것저것 보고했지만, 최근에는 좀 뜸했다.

그래도 매년 한 번씩은 가족 전원이 성묘를 오지만….

뭐라고 할까, 마음의 문제가 말이지.

1년에 한 번 오는 건 파울로를 만나러 온다기보다도 그런 행사니까 온다는 인상이 강해졌다는 느낌이다.

감사의 마음이 부족하다.

"아버지, 다들 건강히 지내고 있습니다."

처음에 그렇게 말한 후에 대충 근황 보고. 이것도 매년 하는 일이지만, 일단 해 둔다.

"저는 올해로 서른네 살이 됩니다."

서른넷. 전생하기 전에 내가 죽은 해다.

여차저차 하는 사이에 이런 나이가 되었다.

하지만 왜일까. 전생하기 전보다도 서른넷이 될 때까지 시간이 더 걸린 듯하다.

하는 일이 많았던 탓일까. 아니면 전생과 비교해서 더 많이 움직였기 때문일까.

"다만 서른넷이 되었는데, 일흔넷에 죽는 꿈을 꾸었습니다."

그 꿈은 무엇이었을까.

그냥 꿈이었을까. 아니면 인신이 보여 준 미래였을까.

인신은 봉인되고, 나는 만족스럽게 죽었다.

딱 라라가 내 팔찌를 푼 순간이기도 했으니까, 인신이 개입할 수 있었겠지.

"혹시 그게 진짜 미래라면….."

혹시 인신이 그걸 보여 준 것이라면, 그게 지금까지 애써 온 성과일지도 모른다.

비헤이릴 왕국에서의 싸움에서 우리는 승리했다. 그게 정말로 마지막 싸움이었고, 인신은 나와 올스테드에게 승리할 수단을 잃었다. 고로 인신은 포기했다.

그래서 십년 동안이나 인신의 방해가 없었다.

정말 아무것도 할 수 없는 것이다.

어쩌면 뒤에서 몰래 움직이고 있을지도 모르지만, 기스나 바디가디의 말처럼 정말로 아무 움직임도 보이지 않는다. 때때로 뭘 위해 움직이는 건지 잊어버릴 정도로.

"저는 이제 더 노력하지 않아도 되는 걸까요?"

인신이 정말로 포기했다면. 내 일이 끝난 것이라면. 나는 지금의 일을 절반으로 줄이고 더 완만하게 살아도 될 것 같다.

사흘에 한 번 정도는 아내와 하루 종일 아이를 만들거나, 아이들에게 이것저것 가르치거나….

그런 은거 생활을 보내도 좋을 것 같다.

"그건 아니겠죠."

나는 가만히 웃었다.

바보 같은 짓이다. 설령 인신이 포기했다고 해도 그게 어쨌단 말인가.

딱히 지금 일이 싫은 것도 아니다. 지금이 괴로운 것도 아니다. 올스테드를 승리로 이끌기 위해, 이후에 찾아올 싸움을 위해, 준비한다. 그건 꽤 즐겁다.

그야 힘들고 괴로울 때도 있지만, 도망치고 싶을 정도는 아니다.

해야 할 일은 있고, 하고 싶은 일, 해 보고 싶은 것도 아직 남아 있다.

애초에 내가 이제 괜찮다고 생각하는 게 인신의 책략일지도 모른다.

"아버지, 저는 앞으로도 노력하겠습니다."

나는 지금까지처럼 해 나갈 뿐이다.

그것은 꿈. 바람이 만들어 낸, 내게 너무나도 유리한 꿈이다. 그렇게 생각하기로 하자.

"지켜봐 주세요."

나는 평소처럼 말하고 다시 한번 손을 모았다.

"……."

내 존재가 있는 이상 사후 세계란 것은 있겠지.

그렇긴 해도 파울로가 이 묘에 있다고 할 수 없다. 분명 다른 장소에서 즐겁게 지내고 있을 것이다. 그러니까 여기에 오는 건 그리 의미 있는 행동이 아닐지도 모른다.

그래도 그거면 된다. 이건 의식이다. 나는 오늘부터 또 열심히 살아간다.

그것을 파울로의 묘비 앞에서 맹세하는 게 중요하다.

"온 김에 기스도…."

나는 파울로의 옆에 있는 기스의 묘에도 공물을 내려놓고 손을 모았다.

기스가 어떻게 생각할지 모르지만, 뭐, 녀석도 정말로 내 파멸을 바란 건 아닌 것 같고.

"원망은 40년 뒤에 들을게…. 뭐, 더 오래 살지도 모르고, 더 일찍 죽을지도 모르지만."

기스의 죽음을 미화할 생각은 없지만, 십년이나 지나면 여러모로 희미해지는 법이다.

그리고 희미해진 결과, 떠오른 것은 미소다.

기스는 언제나 실실 웃으면서 징크스네 뭐네 떠들었다.

그런 미소를 떠올리면, 지금에 와선 좋은 추억이라고 생각한다.

기스 때문에 누군가 소중한 이가 죽은 것도 아니고, 원망스럽게 느낄 일도 아니다.

죽은 후에 이렇게 성묘 정도는 해 줄 수 있다.

"그럼 또 오겠습니다. 다음에는 아마도 가족과 함께 오겠지요."

나는 그렇게 말하고 일어섰다.

묘한 꿈을 꾸었다고 해도 딱히 뭔가 변하는 건 아니다. 나는 해야 할 일을 하면서 하고 싶은 일을 할 뿐이다.

그렇게 생각하면서 가족이 기다리는 집으로 향했다.

최종화 사후세계

그리고 나는 어느새 하얀 방에 있었다.

"여어."

"음."

이곳에 있는 모자이크 녀석은 여전히 건재하다.

당연히 봉인된 것도, 기운을 잃은 것도 아니다.

평소처럼 모자이크다.

"그렇다면 40년 전에 본 그건 미래시의 힘인가?"

"그래."

인신은 평소와 같다. 그렇긴 해도 마지막으로 본 지 사오십 년은 지났다.

인신의 '평소'는 이미 기억이 흐릿하다. 다만 처음에 보았을 땐 분명히 이렇게 유들대는 분위기였던 것을 기억한다.

"그걸 보면 조금은 마음이 풀어질지도 모른다고 생각했는데."

"예상이 빗나갔군."

"됐어. 어차피 되든 안 되든 한번 해 본 거였고."

그런 꿈 하나로 지금까지 해 온 일을 그만둘 정도로 나는 의지가 약하지 않다.

뭐, 꿈이라는 형태가 아니었으면 그만두었을 가능성도 없는 건 아니지만.

"그렇긴 해도 너 얼굴이 그랬구나."

그 말에 나는 내 모습을 보았다.

지방덩어리 같은 몸…이 아니었다.

어느새 내 모습은 변해 있었다. 꽤 단련된 몸은 근육의 힘줄이 솟아 있고, 배 근처는 홀쭉하고, 기분 탓인지 가볍게 움직일 수 있을 듯한 몸. 이번 세계에서 친숙해진 몸….

루데우스 그레이랫의 몸이다.

얼굴은 안 보이니까 모르지만, 그렇게 늙은 것도 아닌 듯하다.

"몰랐어?"

"그래, 내 눈은 영혼을 직접 보니까. 네 몸과 영혼에 차이가 있는 것 정도는 알고 있었지만, 실제로 보는 건 이번이 처음이야."

이제야 듣는 새로운 사실. 하지만 잘 생각해 보니 나도 인신의 얼굴을 모른다.

피차 마찬가지다.

하지만 왜 이제야 내 몸이 이렇게 되었을까.

아니… 설명은 필요 없다.

"어찌 되었든 이걸로 너는 끝이야."

"…그래."

나는 죽었다.

향년 74세.

마지막 순간은 흐릿하지만 기억한다. 자식과 손자들에게 둘러싸인, 행복한 최후라고 생각한다.

적어도 저번 최후와 비교하면 천지 차이다. 그 혼자뿐이고 무력하고, 비참해서 울고 싶어지는 최후와 비교하면….

"네가 없어지면 나도 움직이기 쉬워져."

"그러냐."

"네가 살아 있는 동안 뭘 해도 소용없었어. 그러니까 나도 조금 머리를 굴렸어. 네 흉내를 내서 조금씩, 조금씩, 협력자를 늘렸어."

"아직 포기하지 않았냐."

그렇게 말하자 인신의 분위기가 변했다.

분노의 기운이다.

"당연하잖아. 너는 그런 미래가 오는 걸 알면서 포기할 수 있겠어? 계속 혼자고 아무것도 할 수 없는, 아무것도 보이지 않는, 그렇게 1만 년이고, 10만 년이고 지내야 해. 견딜 수 없다는 걸 알면서 어떻게 포기할 수 있어?"

뭐, 그렇겠지.

그렇게까지 장대해지면 상상도 가지 않지만….

하지만 조금은 이해한다. 지금 뭔가를 하지 않은 결과, 자신이 어떻게 될까. 어떤 미래가 기다리고 있을까. 거기서 후회할 것을 안다면 아무것도 하지 않고 지낼 수는 없다.

"뭐, 포기할 수 없겠지…."

"…왜 태연한 얼굴을 하는 거야? 이미 이겼다고 생각하는 거야?"

"작전은 있냐?"

"그래, 올스테드가 2백 년을 계속 루프한다는 것도 알았어. 너는 자손을 너무 만들었고, 그걸 이용할 방법도 생각했어. 50년 동안 그 준비를 갖추었어…."

"그러냐."

"내가 하는 말의 의미, 이해해? 네가 만들어 온 구조를 거꾸로 이용해서 역전하는 거야. 네가 없는 세계에서, 네가 준비한 것을 이용해서, 내가 이긴다고. 너는 아무것도 할 수 없어. 이미 죽었으니까! 나는 네 자손이 서로 미워하고 서로 죽이는 걸 막을 수 없어. 나한테 '이제 그만해!'라고 울면서 매달릴 수도 없어. 게다가 볼 수도 없어!"

기쁘게 말하는 인신에게 나는 얼굴을 긁적이는 시늉을 했다. 이어서 뒷머리도 긁었다. 딱히 가려운 건 아니다.

다만 어떻게 반응해야 좋을지 잘 몰랐을 뿐이다.

"그러냐."

내 반응에 인신은 발을 굴렀다.

"대체 뭐야…!"

쿵쿵 발을 구르면서 짜증 난 목소리로 외쳤다.

"왜 그렇게 태연하게 있을 수 있어?!"

"그야… 나는 죽었으니까."

곧바로 대답하자 인신은 경악했다.

나는 눈을 감고 지금까지의 일을 떠올렸다.

나는 이 세계에서 하고 싶은 일을 했다.

결혼도 했고, 친구도 생겼다. 아이도 만들었고, 손주도 많이 있다. 일도 열심히 했다.

분명히 인신이 앞으로의 일을 말하면 불안할 거고, 더 할 수 있는 일이 있었을 거라 생각되기도 한다.

하지만 어째서인지 신기하게도 후회는 없다.

아니, 미련이 없다고 해야 할까. 불안과 걱정은 있을 테지만, 그렇다고 마음이 다급해지지도 않는다. 지금 인신이 한 이야기를 듣고, 어떻게든 부활해서 아이들을 도와야…한다는 마음이 들지 않았다.

아마도의 이야기지만… 아이든 손자든, 뒷일은 알아서들 하라고 생각하기 때문이겠지.

내가 스스로 그랬듯이, 아이들도 자신이 직면한 문제에 대해 진지하게 해결하려고 노력할 거라고 믿기 때문이겠지.

나는 천천히 인신 쪽으로 다가갔다.

인신은 생각 외로 작았다. 지금까지 서로 필요 이상으로 다가가지 않았던 탓인지, 크기를 잘 몰랐던 것이다.

"나는 이미 만족해."

충분히 살았다.

모든 것이 완벽했다고 생각하지는 않는다. 못 다한 일도 다소 남아 있다. 눈을 감으면 꼭 좋은 추억만 떠오르는 것도 아니다. 실패의 기억, 성공의 기억, 양쪽 다 남아 있다.

그래도 새로 시작하고 싶다는 생각은 없다.

나는 죽었다.

내 일은 여기서 끝.

뒷일은 살아 있는 이들에게 맡기면 된다.

지금 눈앞에 있는 상대가 내가 남기고 온 이들을 해치겠다고 말하는데, 웃긴 소리다.

하지만 어쩔 수 없다. 신기할 정도로 마음이 평온하니까.

"어이, 인신."

"……."

"전에도 말하려고 했는데."

"…뭔데."

"난 너를 그렇게 싫어하지 않았던 것 같아."

인신은 기분 상한 표정인 것처럼 보였다.

물론 지금은 내가 이기고 있으니까 그렇게 생각하는 것뿐일지도 모른다.

실피도 록시도 살아남았고, 아이들도 지금으로선 건강하다.

에리스는 먼저 죽었지만, 수명이 다해서였다. 인신 때문이 아니다.

물론 뭔가가 조금 더 변하면 나는 인신을 죽이고 싶을 만큼 증오하는 결과가 되었을 것이다.

미래에서 온 나처럼, 인신을 죽이기 위한 기계가 되었을 가능성도 있다.

그가 죽을 때는 이렇게 평온한 마음으로 있을 수 없었겠지.

그러니까 지금의 나는 결과적으로 이렇게 되었을 뿐이다.

"무슨 소리야…?"

"나도 잘 모르겠지만, 지금 이렇게 평온한 마음으로 있을 수 있는 건 네 덕분인 것 같아. 너라는 명확한 적이 없었으면, 나는 이렇게까지 만족할 수 없었을 거야."

응, 그래.

혹시 인신이 없었으면 나는 아마 스무 살 정도부터 풀어졌겠지.

실피와 결혼하고 나름대로 일하고, 꽤 노력하고.

나름의 인생을 마치고, 꽤 만족하고 죽었다.

분명 그런 느낌이었을 게 틀림없다.

그건 그거대로 좋았겠지만, 지금 같은 만족감은 얻을 수 없었을 게 틀림없다.

죽음을 앞두고 후회라고 할 정도는 아니겠지만, 다시 재시작하고 싶다든가, 그때로 돌아가고 싶다고 생각했을지도 모른다.

명확한 적, 명확한 목표가 생겼기에 죽을 때까지 움직일 수 있었다.

그 결과 지금의 내가 있다.

"…그런 말을 해도 대충 하진 않겠어."

"그래… 아니, 그런 의미로 말한 건 아닌데…."

뭘까.

딱히 인신에게 하고 싶은 말이 있지는 않다.

싫지 않을 뿐이지, 딱히 좋아하는 것도 아니다. 물론 감사의 말을 하고 싶은 것도 아니다.

"……."

"……."

그걸 끝으로 대화가 끊어졌다. 뭐라 설명할 수 없는 분위기가 흘렀다.

문득 떠오른 게 있었다.

"…나는 왜 이 세계에 온 걸까."

그런 말이 입에서 흘러나왔다.

"몰라."

인신도 혼잣말하듯이 대답했다.

"정말로 아무것도 몰라?"

"알면 사전에 저지했지. 너는 정말 갑자기 나타났어. 그 전이사건이 일어날 때까지 나조차도 알아차리지 못했을 정도로 갑작스럽게."

"흐음…."

결국 내가 살아 있는 동안 전이사건의 진상도 알 수 없었다.

나나호시가 묘한 가설을 세웠고, 앞으로 뭔가 일어날지도 모르지만….

"혹시 나를 전생시킨 녀석이 있다면, 그 녀석에게 감사의 말을 전해 줘."

"…싫어."

"그렇겠지."

단칼에 거절당했다.

뭐, 인신으로서는 투덜대고 싶은 마음이 가득하겠지.

"그보다 난 이제 어떻게 되는 거야? 죽은 건 틀림없을 텐데."

"글쎄다."

인신은 짜증이 난 채로 이쪽을 바라보았다.

"일반적으로 영혼은 마력으로 환원되어 다른 마력과 뒤섞인 뒤에 다른 무언가로 재구성돼. 하지만 너는 이세계의 인간이니까 어떻게 될지 몰라."

"그런가."

사후에 파울로나 기스와 만날 수 있을까 생각했는데, 그건 아닌가.

당연한 일이겠지만 아쉽군…. 하지만 뼈는 같은 곳에 묻혔겠고, 그걸로 만족할까.

"……."

살펴보니 몸이 조금씩 흐려지고 있었다.

이게 마력으로 환원된다는 것일까.

이게 이 세계에서의 죽음인가.

혹시나 이 세계의 다른 주민도 죽기 직전에 이 하얀 방에 올지도 모른다.

물론 인신이 만나려고 하지 않으면, 그저 하얀 방에서 사라지는 것을 기다릴 뿐이겠지만.

그렇게 생각하면 인신은 염라대왕에 가까울까.

죽기 전에 히죽히죽 웃으며 남의 인생을 비웃는다…. 기분 나쁜 염라대왕이군.

"쳇…."

하지만 인신은 평소처럼 히죽대지 않았다.

뿐만 아니라 짜증을 숨길 수 없는 듯이 다리를 떨기 시작했다.

사라지면서 분해하는 나를 앞두고 의기양양하고 싶었다….
그게 실패로 끝나서 짜증이 났겠지.

정말 싫은 녀석이다.

"……."

나는 그런 인신의 앞에 섰다.

"뭐, 내가 할 말은 아닐지도 모르지만….."

별생각 없이 그 어깨에 손을 올렸다.

"앞으로 열심히 해 봐."

화내려나….

그렇게 생각했는데, 인신은 한숨을 내쉬고 어깨를 늘어뜨렸다.

그리고 무너지듯이 주저앉았다.

"……."

그걸 끝으로 말이 없었다.

나는 그런 인신을 내려다보고 주위를 둘러보았다. 여전히 새하얗다.

아무것도 없다.

그리고 내 몸도 이미 사라지기 직전이다.

의식도 점차 흐려졌다.

원래 세계로 돌아가는 걸까.

아니면 이 세계에서 다른 무언가가 되는 걸까.

기억은 남아 있을까. 없을까.

모르겠지만, 어떤 형태든 상관없다.

혹시 의식이나 기억이 남아 있더라도, 지금보다, 전생보다 더 심한 환경에서 태어나더라도 나는 살아갈 수 있겠지.

"그럼, 간다."

마지막으로 한마디.

점차 의식이 흐려지는 가운데, 나는 인신의 옆을 지나쳐서 걷기 시작했다.

돌아보는 일 없이, 그저 똑바로….

『무직전생 ～이세계에 갔으면 최선을 다한다～』 완결

『아슬라 왕국 인물 전기　'루데우스 그레이랫'』

　루데우스 그레이랫.

　그 이름은 굉장히 유명하다.

　현재 세계 곳곳에 그 이름이 새겨져 있다.

　대수롭지 않게 쳐다본 곳에 있던 글자가 루데우스 그레이랫이었다는 경험도 많을 것이다.

　각국에 놓인 전이장치 옆에, 전 세계에서 판매되는 신판 마술 교본의 판권장에, 가도에 있는 다리 옆에. 정말 다채로운 곳에 그의 이름이 존재한다.

　현재 살아가면서 그의 이름을 보지 못한 자는 적겠지.

　하지만 실제로 무엇을 한 인물이었냐고 물으면 고개를 갸웃거리는 이가 많다.

　어떤 이는 '갑룡력 400년대를 대표하는 최강의 마술사'라고 인식한다.

　어떤 이는 '학교 교육을 새롭게 바꾼 학문의 신'으로 인식한다.

　어떤 이는 '그림이나 인형, 완구 등의 문화에 획기적인 영향을 미친 지식인'으로 인식한다.

　그렇긴 해도 그가 혼자서 뭔가를 시작하고 뭔가를 남겼다는 기록은 너무나 적다.

　마술이라면 사일런트 세븐스타가, 교육이라면 록시 M 그레이랫이, 예술이라면 자노바 실론이, 각각 루데우스 그레이랫보다 먼저 거론된다.

그렇기 때문에 '강자에게 달라붙는 짓만 잘하는 추종자', '재능 있는 자에게 달라붙어서 명예만 얻은 사기꾼'이라는 인식도 있다.

'루데우스는 인물명이 아니라 루드 용병단에서 위업을 달성한 이에게 주어지는 칭호다. 그렇기 때문에 여러 명 존재한다'고 주장하는 이도 있다.

루데우스 그레이랫.

여러 설이 있지만, 그가 이 세계에서 뭔가를 이루고 커다란 영향을 미친 것은 틀림없다.

하지만 그것은 앞으로 세상에 드러나는 일 없이 사람들의 기억 저편으로 잊히게 되겠지.

그것은 역사적 가치가 있는 정보의 손실이다.

그렇기 때문에 나는 아슬라 왕국 자료실에 루데우스 그레이랫 개인의 항목을 추가 작성하기로 결정했다.

갑룡력 485년　아슬라 왕국 자료실 실장 제드 블루울프

■　■　■　■　■

루데우스 그레이랫

● 개요

　루데우스 그레이랫(갑룡력 407년~481년)은 라노아 왕국의 마술사이다. 430년에 칠대열강 '제7위'가 된다.

　록시 M 그레이랫, 사일런트 세븐스타와 나란히 400년대를 대표하는 마술사 중 한 명이다.

　별명은 '진흙탕', '용신의 오른팔', '마도왕', '대마도사', '무영창' 등.

　또한 중앙대륙 전체 문맹률을 대폭 감소시킨 '학문의 신'.

　그런 한편 싸움을 두려워하여 '겁쟁이', '꾸벅이'. '약골', '도망쟁이' 등으로 불린 적도 있었다고 한다.

　말년에는 여러 이름을 가져서 '일곱 개의 이름을 가진 루데우스'라고도 불렸다.

● 생애

·유년기

　갑룡력 407년, 아슬라 왕국 피트아령의 부에나 마을에서, 아슬라 왕국 하급 기사인 아버지 파울로(388년~423년)와 과거 모험가였던 치유 술사인 어머니 제니스(390년~459년)의 장남으로 태어나다.

유소년기의 루데우스는 세 살 때 중급 마술을 다루었다고 한다. 그 재능을 눈여겨본 아버지 파울로는 가정 교사로 록시 미굴디아(373년~)를 붙여 주고 스파르타 교육을 시킨 결과, 다섯 살 때 성급 물 마술사가 된다.

후에 루데우스는 스승을 능가하는 재능을 발휘하게 되지만, 죽을 때까지 스승을 계속 존경했다고 한다.

일곱 살 때, 그 재능을 높게 산 당시 피트아령 영주 보레아스 그레이랫 가문에 가정 교사로 불려 간다.

에리스 보레아스 그레이랫(후일 광검왕 에리스)에게 마술을 가르치는 한편, 흙 마술을 이용한 인형 제작을 시작했다.

아이답지 않은 재능을 보이는 한편, 열 살 생일 때도 모습을 보이지 않는 부모를 그리워하며 눈물을 흘렸다는, 어린애다운 모습도 보였다.

417년. 전이사건이 일어나서 에리스와 함께 마대륙 비에고야 지방으로 전이한다.

그곳에서 당시 데드엔드라 불리며 두려움을 사던 루이젤드 스펠디아를 동료로 삼고 모험가가 되어 마대륙에서 중앙대륙의 아슬라 왕국 피트아령으로 여행을 떠난다.

이때 평생의 벗이 되는 자노바 실론, 크리프 그리몰 등과 만났다고 한다.

열세 살 때, 에리스를 피트아령에 데려다준 뒤, 행방불명된 가족을 찾기 위해 중앙대륙 북부로 여행을 떠나 모험가 '진흙탕 루데우스'로 이름을 드날린다.

·학생 시절

422년. 라노아 왕국 마법도시 샤리아로 이주하여 지너스 할파스의 추천을 받아 마법 대학에 입학.

리니아 데돌디어, 프루세나 아돌디어, 사일런트 세븐스타, 불사신의 마왕 바디가디 등을 꺾고, 마법 대학 최강의 마술사로 명성을 드날렸다.

다음 해. 16살 때 아리엘 아네모이 아슬라의 호위이자 전부터 알고 지내던 마술사 실피에트와 결혼. 이때 마법도시 샤리아에서 평생을 보내기로 결정했다고 한다.

같은 해, 베가리트 대륙에 있던 아버지 파울로에게서 어머니 제니스를 발견했다는 연락을 받고 여행을 떠난다.

사일런트 세븐스타의 협력으로 우연히 남아 있던 전이마법진을 사용하여 베가리트 대륙으로. 파울로, 엘리나리제 드래곤로드, 탈핸드, 기스, 록시 미굴디아 등과 함께 전이미궁을 공략. 제패.

미궁의 주인인 마나타이트 히드라와의 싸움에서 아버지 파울로가 사망. 어머니 제니스를 구했지만 전이의 영향으로 심신 상실 상태가 되었기에, 루데우스는 실의에 잠긴다.

그런 그를 실의의 늪에서 구한 것은 스승인 록시 미굴디아고, 이 일을 계기로 루데우스는 그녀를 두 번째 아내로 맞았다.

425년, 샤리아 근교 숲에서 에리스 보레아스 그레이랫과 함께 용신 올스테드와 싸운다.

숲 하나를 날려 버릴 정도의 싸움 끝에 져서 올스테드의 부하가 된다.

싸움의 이유는 불명이지만, 용신 올스테드가 아리엘 아네모이 아슬라를 해치려 했고 루데우스가 그걸 지켰다는 설이 있다.

또한 이 싸움 이후에 에리스 보레아스 그레이랫을 세 번째 아내로 맞았다.

같은 해, 아리엘 아네모이 아슬라의 동맹자로 아슬라 왕국의 내란에 참가.

북제 오베르 콜벳, 북왕 위타, 수신 레이다 등과 전투, 여기서 승리하고 아리엘 아네모이 아슬라를 국왕 자리에 올린 공로자로 불린다.

427년, 마법도시 샤리아에 '루드 용병단'을 설립.

회장으로 취임하지만, 모든 실무를 여동생 아이샤에게 맡겼다고 한다.

20살 때 자노바 실론과 함께 팩스 실론의 동맹자로 실론 왕국의 방어전에 참가.

카론 요새에서 북부의 군세와 교전. 이 전쟁에서 루데우스가 죽인 적의 수는 1만 명을 넘는다고 한다.

429년, 마법 대학 졸업 후에 크리프 그리몰과 함께 미리스 신성국으로.

그때 일에 대한 자세한 기록은 없지만, 무녀와 교우를 쌓고 크리프 그리몰을 미리스 교단의 요직에 앉히도록 애썼다고 한다.

430년, 용신 올스테드와 함께 비헤이릴 왕국의 싸움에 참가.

싸움 도중 북신 칼맨 3세를 꺾고 칠대열강 7위가 된다.

· 칠대열강 시절

칠대열강이 된 후, 루데우스는 눈에 보이는 활동을 하지 않게 된다.

현재 그의 지명도가 동년대의 위인과 비교해서 떨어지는 것은 그렇기 때문으로 보인다.

(지명도라면 루데우스와 교대하듯이 나온 '칠성마녀' 사일런트 세븐스타나 후에 마법 대학의 교장이 된 록시 M 그레이랫 쪽이 높다.)

고로 그가 칠대열강 7위였다는 사실은 그리 알려져 있지 않다.

루데우스는 비헤이릴 왕국 싸움에서 사망하고, 그 후에 나온 것은 대역이다, 혹은 이름뿐이라는 설도 있었지만, 아리엘 국립 대학의 창립에 관여했다는 기록이 남아 있기 때문에 바로 부정되었다.

루데우스가 무대에서 모습을 감추고 뭘 했는지는 불명이다.

문헌에 따르면 용신 올스테드의 부하가 되어 인형 상회 회장 자노바 실론, 미리스 교단 교황 크리프 그리몰, 미리스 교단 무녀, 아슬라 왕국 국왕 아리엘 아네모이 아슬라, 왕룡 왕국의 사신 란돌프, 대삼림의 돌디어족, 마대륙의 불사마왕 아토페 등과 우호 관계를 맺고, 80년 후에 부활하는 라플라스를 대비해서 세계를 하나로 뭉치게 하려 했다고 한다.

그러는 한편 금기를 깨고 전이마법을 전 세계에 되살리고, 그 편의성을 이용하여 세계 정복을 꾀한 대죄인으로 기록된 문헌도 있다.

· 사망

481년, 그의 아내인 실피에트 그레이랫에 의해 사망했다고 발표되었다.

사인은 노화로 인한 자연사. 자택의 침대에서 잠들 듯이 74년의 생애를 마쳤다.

그 장례식에는 이례적으로 5천 명이나 되는 이들이 몰려들었다.

장례식에는 루데우스 이상으로 역사의 무대에 얼굴을 비치지 않았던 올스테드도 참석했다.

● 사용한 장비

마술사는 통상적으로 원거리에서 지팡이를 이용한 제압 공격을 특기로 삼지만, 루데우스는 적극적으로 근접 전투를 했다고 한다.

· 아쿠아 하티아

열 살 생일 때 보레아스 가문에게 선물받은 지팡이.

지팡이 소재는 미리스 대륙, 대삼림 동부에 서식하는 엘더 트렌트의 팔. 마석은 군청색의 물 마석. 베가리트 대륙 북부의 외톨이 해룡에게 얻은 A랭크 물품.

제작자는 아슬라 왕국의 지팡이 제작자, 체인 프로키온.

굉장히 강력한 지팡이였지만, 후술할 '마도갑옷'이 완성된 후에는 거의 사용한 적이 없었다고 한다.

· 마도갑옷 '1식'

자노바 실론, 크리프 그리몰 등의 협력을 얻어서 만들어진 마도갑옷의 프로토타입.

크기는 3미터 조금 안 된다.

오른손에 스톤 캐논 개틀링, 왼손에 방패와 흡마석을 갖는다.

대량의 마력을 소비하지만, 당시의 칠대열강급의 공격력, 방어력을 가졌다고 한다.

용신 올스테드와 싸우기 위해 제작되었고 그 후에도 계속 사용했지만, 비헤이릴 왕국에서의 싸움에서 투신에게 파괴된다.

· 마도갑옷 '2식'

팔 파츠, 다리 파츠, 동체 파츠로 나뉜 새카만 갑옷. '1식'의 디튠판.

몸에 장착함으로서 성급 검사 정도의 신체 능력을 얻는다.

· 마도갑옷 '0식'

비헤이릴 왕국 싸움에서 사용된 루데우스의 결전 병기.

상세 내용은 불명.

· 마도갑옷 '3식'

루데우스가 말년에 사용했다는 마도갑옷.

크기는 2미터 이상으로, 성능은 '1식'과 비슷한 정도.

이 마도갑옷은 후의 범용 마도갑옷 시리즈의 토대가 되었다고 한다.

· 스톤 캐논 개틀링

소비 마력을 도외시한 스톤 캐논을 쏘는 지팡이형 마도구를 묶은 것.

작동시키면 엄청난 속도로 스톤 캐논이 연사되고, 보통 사람은 순식간에 마력이 고갈될 정도로 마력이 소비된다.

제작자는 라노아 왕국의 마도구 제작자 재클린.

· 스톤 캐논 샷건

상술한 개틀링을 단번에 열두 발 쏘도록 설정한 것.

제작자는 라노아 왕국의 마도구 제작자 재클린.

· 파울로의 검

단단하면 단단할수록 간단히 벨 수 있다는 성능을 가진 마력 부여품.

파울로의 검은 이쪽이 유명하지만, 파울로가 모험가 시절에 썼던 검과는 다르다고 한다.

● 사용한 마술

루데우스는 모든 속성의 마술에 정통했지만, '진흙탕'이라는 별명처럼 특히나 능했던 것은 흙과 물 마술이라고 한다.

싸움에 맞춰서 여러 마술을 나눠 썼다고 하지만, 주로 사용한 것은 후술할 마술이다.

·스톤 캐논

일반적으로 알려진 중급 마술.

주먹 크기의 돌덩어리를 고속으로 날려서 상대를 맞히는 마술.

하지만 루데우스가 무영창으로 날리는 그 일격은 불사마왕을 폭발시키는 마력을 갖는다.

또한 블래스트 캐논, 스톤 샷이라는 베리에이션이 있다.

·진흙탕

루데우스의 주특기인 혼합 마술.

루데우스는 도시 하나를 잠기게 할 정도의 진흙탕을 출현시켰다고 한다.

·안개

전술한 것과 마찬가지로 루데우스의 주특기라고 일컬어지는 혼합 마술.

숲 전체를 뒤덮을 정도의 안개를 출현시켰다고 한다.

· 일렉트릭

왕급 물 마술 '라이트닝'을 축소화한, 루데우스의 독자적인 마술.

루데우스는 접근전에서 이 마술을 구사하여 불사마족을 일격에 전투 불능으로 몰아넣었다고 한다.

· 충격파

공기를 진동시켜서 상대를 날려 버리는 바람 마술.

루데우스는 접근전에서 이 마술을 구사하여 바람을 나는 듯한 거동으로 싸웠다고 전해진다.

● 연구

루데우스는 그 생애 동안 수많은 마술이나 마도구를 연구, 개발했다.

또한 수많은 연구 분야에 자금을 제공했다고 한다.

· 무영창 마술의 학습법

루데우스 그레이랫은 어릴 적부터 무영창 마술을 다루었다고 한다. 스승인 록시 M 그레이랫은 그의 무영창 마술 방식을 논문화하여 학습법을 확립했다. 이 학습법은 마법삼대국과 아슬라 왕국에서 적극적으로 마법 교육에 이용했고, 우수한 마술사가 수많이 탄생하도록 일조했다.

· **마력 회복약 (매직 포션)**

사일런트 세븐스타는 루데우스에게 자금 원조를 받아 마력을 회복시키는 음료를 개발했다.

이 마력 회복약의 개발은 마력의 유무에 좌우되는 마술사의 상식을 깨뜨리고, 상술한 학습법과 함께 '검사 독주의 시대가 끝났다'는 말이 나올 정도로 마술사의 지위 향상에 도움을 주었다.

· **마도의수**

마도의수는 성, 왕급 이상의 치유 마술을 받을 수 없는 빈민층이나 모험가를 수없이 도와줬다.

마도의수는 루데우스에게 자금 원조를 받은 자노바 실론과 크리프 그리몰의 연구라고 전해진다. 그것을 마도구가 아니라 치료 기구로 세계에 퍼뜨린 것은 사일런트 세븐스타다.

· **마도갑옷**

마도갑옷은 루데우스만 다룰 수 있다고 전해지지만, 그레이랫 가문의 삼녀 리리 그레이랫이 연구를 이어받아서 483년에 범용 마도갑옷을 완성시키고 대형 마물 토벌의 리스크를 줄이는 데 도움을 주었다.

· **마도인형**

자노바 실론은 루데우스에게 자금 원조를 받아서 마도인형의 개발에 성공했다.

인간과 똑같이 생긴 인형은 완구로 쓰이거나, 잡일, 음식에 독이 들었는지 판단할 때, 정찰용 등 수많은 임무를 수행할 수 있다. 물론 매우 가격이 비싸서 개수가 적기 때문에, 현재는 루데우스와 교우가 있는 나라의 왕성에서만 사용된다.

· 전이마법진

사일런트 세븐스타는 루데우스에게 자금 원조를 받아서, 금기로 전해지는 전이마법진을 연구하고 부활시켰다.

전이마법진은 각국의 눈에 띄는 장소에 설치하여, 오랫동안 위험한 여행을 할 필요가 없어지고 먼 나라에 쉽게 발을 옮길 수 있게 되었다.

루데우스가 금기를 건드린 것은, 전이미궁에서 아버지 파울로의 죽음 때문이라고 전해진다.

실제로 연구한 사람은 사일런트 세븐스타고, 루데우스는 그 연구를 지원할 뿐이라고도 전해지지만, 오래된 상인이나 귀족, 미리스 교단 관계자는 어째서인지 '금기를 깨뜨린 자'라며 루데우스를 비난하고 있다.

· 수기와 암호

전술한 연구의 기록은 『루데우스의 서』라고 전해지는 총 52권의 서적에 기록되어 있다고 하지만, 모두 사일런트와 둘 사이에 사용되었다는 암호로 기록되어 있고 해독이 끝나지 않았기 때문에 신빙성이 부족하다.

● 인물

·신장은 175센티미터 안팎으로, 마술사치고는 근육질에 튼실한 체격이었다. 피부는 희고, 오른쪽 눈은 예견안, 왼쪽 눈은 천리안인 오드아이였다고 한다. 용모가 미남이었다는 기록은 없지만, 아내 실피에트는 그와 마법 대학에서 만났을 때 '몇 초 얼굴을 본 것만으로 다리가 풀릴 뻔했다'는 감상을 남겼다고 전해진다. 다른 아내인 에리스 그레이랫, 록시 M 그레이랫은 그의 얼굴에 대한 감상을 남기지 않았지만, 그리 나쁜 편은 아니었다고 생각된다.

·복장은 잿빛 로브에 모자를 쓰지 않는 스타일을 즐겼다고 한다. 젊었을 땐 복장에 관심이 없어서, 마법 대학에서는 '소매가 낡아 빠진 로브를 착용하고 있었다', 아슬라 왕국에서는 '알현 자리에 이상한 복장으로 나타나서 귀족 몇 명이 얼굴을 찌푸렸다'라는 기록이 남아 있다. 20살을 넘겼을 무렵에는 몸가짐에도 신경을 쓰게 되었다고 하고, 430년경에 갑룡왕 페르기우스가 '최근에는 괜찮은 옷을 차려 입게 되었다'고 말했다. 복장에 무관심했던 반면 깨끗한 것을 좋아해서 자택의 방 하나를 거대한 욕실로 개조하여 매일 목욕을 했다고 한다.

·당시 샤리아에서는 루데우스를 두려워했지만, 그래도 다른 마술사보다는 좋아했으며, 그것은 성대한 장례식이나 수많은 참석자의 존재, 마법 대학 구석에 세워진 루데우스의 동상을 기록한 비석에서도 엿볼 수 있다.

·성격은 온화하고 친절하며 사교적이었다고 하지만, 굉장히 호색한이었다고도 한다. 남의 눈을 신경 쓰지 않고 아내의 몸을 마구 더듬었다는 기록이 남아 있지만, 사실은 애처가라서 세 명의 아내 외에는 결코 손을 대지 않았기 때문에 호색한이란 말은 거짓이라는 견해도 있다. 또한 악담이나 폭력 앞에서도 항상 미소를 지을 정도로 온화한 성격이었지만, 가족이나 친구에게 위해를 가하는 존재에게는 불같이 화를 내고 폭력적인 행동을 하는 일도 있었다고 한다.

루데우스의 성격에 대해서는 아래와 같은 일화가 있다.

'아슬라 왕국의 파티에서 어느 귀족이 루데우스의 아내를 비웃었을 때, 루데우스는 그의 멱살을 붙잡고 파티장에서 끌어내더니 눈앞에서 숲 하나를 통째로 불태우고 사죄를 요구했다.'

'맹우인 리니아와 프루세나가 루데우스의 아내를 본뜬 인형을 파괴했을 때, 루데우스는 리니아와 프루세나를 수족에게 가장 굴욕적인 방법으로 벌했다.'

'페르기우스가 루데우스의 아들에게 이름을 지어 주기 위해 공중성채로 불렀을 때, 아들을 해치려는 것으로 착각한 루데우스가 완전무장으로 나타나서 아들을 해친다면 전쟁도 불사하겠다고 페르기우스에게 으름장을 놓았다.'

※다만 이런 일화는 대부분 신빙성을 인정받지 못한다.

·일반적으로 잘 알려지지 않은 인물이지만, 세계적으로 유명한 인물의 절반은 루데우스를 알고 있고 경애 혹은 두려워했

다.

·사후에 그의 주머니에서 하얀 천이 발견되고 아내 록시가 그것을 다급히 숨긴 일 때문에, 뭔가 중대한 비밀이 숨겨진 것일지도 모른다는 소문이 있었지만, 진위는 불명이다.

·유소년기의 마력총량 강화의 법칙을 세계에서 처음으로 발견하고 교육에 도입한 인물로 전해진다.

·쌀, 달걀, 비헤이릴 왕국의 귀수를 매우 좋아했다. 또한 달걀을 날로 먹는 못된 버릇이 있었다고도 전해진다.

·종교는 정체불명의 사신을 숭배했다고 한다. 하지만 그가 믿었던 문장과 일치하는 신은 존재하지 않아서 태고에 사라진 신이나, 혹은 루데우스 자신이 만들어 낸 신이라고 전해진다. 무신론자라는 설이나 용신을 숭배했다는 설도 있다.

● 가족, 친족

· 그레이랫 가家

 아슬라 왕국의 상급귀족 가문.

 노토스, 보레아스, 제피로스, 에우로스 네 가문이 있고, 각각 네 개의 커다란 영토를 다스렸기 때문에 사대귀족으로도 불린다.

 루데우스는 노토스 그레이랫의 직계지만, 아버지 파울로가 집을 떠났기 때문에 노토스 그레이랫 가계도에서 말소되었다.

 ·파울로 그레이랫 : 아버지. 아슬라 왕국 상급귀족 노토스 그레이랫 가문의 장남. 젊었을 때 집을 떠나 모험가가 되었다. 후에 제니스와 만나고, 옛 친구인 필립 보레아스 그레이랫에게 부탁해서 피트아령의 하급기사가 되었다.

 ·제니스 그레이랫 : 어머니. 미리스 신성국 라트레이아 가문의 차녀.

 ·리랴 그레이랫 : 시녀. 파울로의 첩.

 ·노른 그레이랫 : 친여동생. 소설가.

 ·아이샤 그레이랫 : 배 다른 여동생. 루드 용병단 고문.

 ·실피에트 그레이랫 : 아내. 엘프족의 피가 흐른다.

 ·록시 M 그레이랫 : 아내. 마족(미굴드족). 마법 대학 교장.

 ·에리스 그레이랫 : 아내. 인간. 검왕.

 ·루시 그레이랫 : 장녀.

 ·라라 그레이랫 : 차녀.

 ·아르스 그레이랫 : 장남.

·지크할트 살라딘 그레이랫 : 차남.

·리리 그레이랫 : 삼녀.

·크리스티나 그레이랫 : 사녀.

● 관련 인물

· 자노바 실론

마법 대학 선배. 전 실론 왕국의 왕자. 인형 상회의 회장. 괴력을 가진 신의 아이.

그림책 『스펠드족의 모험』을 간행할 때 자노바와 노른의 힘이 컸다.

자노바는 루데우스를 스승으로 모셨지만, 루데우스는 자노바를 '인형 지식으로는 당해 낼 수 없다'고 말했다.

· 크리프 그리몰

마법 대학 선배. 후에 미리스 교단 교황이 된다.

미리스 교단에서 여러모로 문제되기 쉬운 루데우스를 지킨 인물이라고 한다.

또한 루데우스는 그를 많이 의지했는지 '크리프 선배가 없었으면 나는 이 자리에 없다'고 절절히 말했다고 한다.

· 사일런트 세븐스타

마법 대학 선배. '칠성마녀'. 전이마법진을 각국에 설치, 기타 획기적인 발명품을 루데우스와 공동개발하여 세상에 내놓았다.

· 아리엘 아네모이 아슬라

아슬라 왕국 국왕. 아슬라 왕국기에 따르면, 죽기 직전에 심복 루크에게 '지금 아슬라 왕국이 평화로운 것은 루데우스의 도움이 있었던 바가 크니, 내가 죽은 후에도 그와 적대하는 일이 없도록'이라는 말을 남겼다.

· 알렉산더 C 라이백

북신 칼맨 3세. 전 칠대열강 7위. '용신의 왼팔'.

세상의 눈에 띄기 싫어했던 루데우스 대신 용신의 대리로 각국을 돌아다녔다고 한다.

· 리니아나 데돌디어

루드 용병단 단장. 수족의 우두머리 일족으로, 루데우스와 수족 사이를 중재하였다고 한다.

· 프루세나 데돌디어

루드 용병단 부단장. 리니아와 마찬가지로 수족의 우두머리 일족으로, 루데우스와 수족 사이를 중재했다고 한다.

· 페르기우스 도라

'용신을 죽인 세 영웅' 중 하나인 '갑룡왕'. 아슬라 왕국 중진. 사일런트 세븐스타의 스승.

아슬라 왕국기에는 때때로 루데우스를 언급하는 말이 남겨져 있지만, 루데우스와의 관계는 불명이다.

· 올스테드

칠대열강 2위 '용신'.

루데우스가 암약했던 이유는 그의 목적을 위해서였다고 하는데, 자세한 내용은 불명.

좀처럼 역사의 무대에 드러나지 않는 인물이지만, 루데우스의 장례식에 참석하고, 가족들과 함께 끝까지 루데우스의 죽음을 지켜보았다고 한다.

● 참고 문헌

· 아슬라 왕국 사료 편찬실 『아슬라 왕국기』 아슬라 왕국 480년

· 노른 그레이랫 저 『스펠드족의 모험』 자노바 인형 상회 427년

· 노른 그레이랫 저 『천재의 고뇌 아이샤 그레이랫』 루드 용병단 455년

· 노른 그레이랫 저 『대마술사 루데우스의 모험』 자노바 인형 상회 470년

· 노른 그레이랫 저 『자서전 천재에 둘러싸인 범인』 자노바 인형 상회 482년

· 미리스 교단 서고 관리실 『미리스 교단 의사록』 미리스 교단 460년

· 비헤이릴 왕국 역사 편찬실 『비헤이릴 왕국의 역사 420~430』 비헤이릴 왕국 432년

· 리니아나 데돌디어 『루드 용병단 활동기』 루드 용병단 456년

· 줄리엣 저 『자노바 인형 상점 간부 회의 의사록』 477년

· 사일런트 세븐스타 저 『신판 마법교본』 442년

· 블러디 칸트 저 『세계의 위인, 영웅』 출판사 불명 480년

■　■　■　■　■

기록자 : 아슬라 왕국 자료실 부실장 크룰 엘론드

「후기」 (루데우스의 서 26권에서 발췌)

자, 지금까지 적당히 일기를 써 왔지만, 남긴 일기가 26권을 넘었고 나름 유명해졌으니 괜한 생각이 들었다.

'혹시 이걸 누가 읽기라도 할까?'

라는 것이다.

일단 일기는 전부 일본어로 썼으니까, 기본적으로 이 세계의 인간은 못 읽을 거라고 생각한다.

하지만 한가한 녀석이 해독할지도 모르고, 내가 죽은 후에 나와 같은 세계에서 온 녀석이 읽을지도 모른다.

…누군가가 열심히 해독했다면, 대단한 걸 써 놓지 않아서 미안하네.

아니, 하지만 일기란 건 그런 거잖아?

어떤 목적으로 해독했는지는 모르지만, 이 일기가 나도는 건 내가 죽은 뒤겠지.

용신 올스테드가 못된 인간이 아니었다고 후세에 남았으면 좋겠다.

그리고, 그래….

뭐, 일기에도 몇 번 썼지만, 나는 원래 이 세계의 인간이 아니다.

다른 세계에서 죽어서 전생해 왔다.

전생하기 전 이름은 적지 않기로 하겠다. 혹시 이걸 읽는 사람이 원래 세계의 나를 아는 인간이라면 안 좋은 인상을 줄지도 모르니까.

그렇긴 해도 이전 생이 있다고 해서 특별한 일은 별로 없다.

일기를 해독해서 읽었으면 알겠지만, 나는 이 세계에서 평범하게 살았을 뿐이다.

전생은 내 의사가 아니고, 어떠한 이유로 전생했는지 결국 알 수 없었다.

하지만 그건 대단한 게 아니다.

나는 그저 열심히 살았다. 내일 죽어도 후회하지 않을 정도로.

그게 중요하다.

그렇게 쓰면, 이 일기를 읽는 너는 조소할지도 모르겠군.

태어난 환경이 좋았을 뿐이라든가, 축복받은 재능을 타고난 녀석은 좋겠다든가, 혹시 어디서 내 초상화를 본 적이 있어서 얼굴이 잘생겼다고 말할지도 모르지….

그런 것도 과거의 일기에서도 썼지만, 크리스가 동급생에게 자신은 태어난 환경이 나쁘다, 너는 환경이 좋으니까 비겁하다, 그런 소리를 듣고 답답한 마음을 품은 것과 같다.

그 말을 듣고 나 자신은 어땠나 생각했다.

솔직히 내 환경은 결코 나쁘지 않았다.

아버지인 파울로는 여자 관계가 안 좋았지만, 결코 악인이 아니었다.

진짜 쓰레기 같은 놈은 바람피우다가 들키고 완벽한 증거가 있는데도 거짓말을 하거나 잡아떼거나 오히려 화를 내니까…. 우리 집의 경우, 내가 바람피우다가 그랬으면 에리스가 때리고 실피가 원망하고 록시가 경멸하겠지. 그 결과 나는 모든 것을 잃게 될 것이다. 오오, 무섭다, 무서워.

제니스도 어머니로서 완벽했다. 젊어서 심신상실 상태에 빠졌지만, 몸져누운 부모를 돌보는 거라고 생각하면 딱히 나쁘지 않다. 거의 리랴나 실피에게 맡기게 되었지만, 전생에서는 부모님에게 아무것도 못 해 드렸으니까 그것과 비교하면 매우 낫다고 생각한다.

아무튼 나는 나를 사랑해 주는 부모님 사이에서 태어났다.

자유롭지 않다고 할 정도는 아니지만, 적어도 빚도 없고 부모님이 돈 문제로 매일 싸우는 일도 없었다.

행운이었다.

마술 재능도 있었다.

전생의 지식이라는 밑천과 라플라스의 인자라는 막대한 마력.

그 두 가지 덕분에 무영창 마술을 다루는 데 능한 인간이 될 수 있었다.

전 세계를 뒤져도 나보다 빠르고 강한 스톤 캐논을 쏘는 녀석은 그리 없겠지. 나름대로 노력한 결과라고 말하고 싶기도 하지만, 뭐, 틀림없이 축복받은 재능을 가졌기 때문이겠지.

행운이었다.

얼굴을 봐도 전생보다 지금이 낫다고 생각하지만, 적어도 얼굴만으로 여자가 꼬인 기억은 그리 없다. 하지만 반대로 얼굴이 못생겼다는 이유로 부당한 대접을 받은 적은 있다. 졸다트는 내 얼굴이 마음에 안 든다고 그랬고….

그건 표정 때문일까? 뭐, 하지만 표정은 중요하지.

적어도 사람들이 크게 기피할 만한 얼굴은 아니었다.

행운이었다.

그러한 행운이 나에게 노력하자는 계기를 준 것은 틀림없다.

하지만 이렇게도 생각한다. 반대로 더 유복했으면 어땠을까, 라고.

예를 들어서 아슬라 왕국의 왕후귀족의 아들로 태어나서 돈도 여자도 부족할 것 없는 생활을 보냈으면 어떻게 되었을까.

나는 스스로가 호색한이라는 것을 자각하고, 때로는 그걸 목적으로 애쓰기도 했다.

오랫동안 그런 것을 손에 넣지 못했기 때문에 가치를 느낀다는 소리다.

그런 나라도 아주 간단히 여자를 안을 수 있고, 아니, 여자가 먼저 안겨 오는 생활을 아무런 고생 없이 손에 넣을 수 있다면, 가치를 찾아낼 수 있을까. 빨리 질려서 여성에게 호감을 사려는 노력을 안 하지 않았을까.

마술도 그렇다. 나는 마술을 매일 빼놓지 않고 노력해 왔다고 생각한다. 옆에서 보면 수수한 훈련을 계속한 결과, 상당히 정밀하게 마술을 쓸 수 있게 되었다.

하지만 처음 읽은 마술교본으로 초급 정도가 아니라 상급, 아니, 신급 마술까지 대수롭지 않게 쓸 수 있었으면… 나는 그 후로 마술 훈련을 계속했을까?

즉, 인생이란 손에 들어오지 않으니까, 잘 되지 않으니까, 거기서 가치를 찾아내고 노력하는 거라고 생각한다.

결국 인간은 주어진 카드로 승부할 수밖에 없지만, 주어진 카드에는 항상 어떤 불만이든 나오는 법이니까.

남이 부러워할 만한 카드를 갖고 있어도, 자신은 그 가치를 깨닫지 못하는 법이지.

그렇게 잘난 체하며 말했지만, 나에게는 전생이 있다.

전생하기 전 우리 집은 파울로의 집보다 훨씬 유복했고, 재능도 어중간한 선에서 멈추지 않았으면 뭔가 결과를 내놓을 만한 것은 있었겠지. 외견을 보자면 지금이 낫겠지만, 운동을 해서 더 살을 빼거나 외모에 신경을 썼으면 제법 봐줄 만한 정도가 되었을 것이다.

돌이켜 보면 지금보다 훨씬 좋은 환경이었다.

그럼에도 불구하고, 그런 축복받은 환경에 있음에도 불구하고, 나는 쓰레기로 남았다.

죽을 때 그 점을 후회했으니까.

그러니까 내가 태어난 곳이 조용한 부에나 마을이 아니라 분쟁 지대에 있는 슬럼이라도, 부모에게 학대당하며 컸더라도, 어쩌면 처음 마술교본을 읽었을 때 물구슬을 만들어 낼 수 없었더라도… 나는 어떻게든 노력하지 않았을까?

그건 지금처럼 행복한 인상이 아니었을 거라고 생각한다.

세상을 더 저주하는 인생이었을지도 모른다.

하지만 적어도 전생의 나보다는 행동했을 거라고 생각한다. 죽을 기세로 살려고 했을 거라고 생각한다. 그 인생은 분명 전생의 그것보다 훨씬 가치가 있었을 거라고 생각한다.

혹시 전생에서 트럭에 치인 후 다시 태어나지 않고 그대로 원래 세계에 살았더라도, 어떠한 행운을 만났으면 노력했을지도 모른다.

　뭐, 어려울 거라 생각하긴 하지만. 당시의 나는 비뚤어져 있었고, 다시 태어나는 엄청난 행운이 있어서 간신히 움직이기 시작했을 정도니까.

　무슨 말을 하고 싶은 거냐 하면, 환경이라는 것은 상대적인 것이고, 약간의 마이너스 같은 것이 존재하는 쪽이 '좋은 환경'이라고 할 수 있는 경우도 있다는 소리다.

　그러니까 너도 환경 탓 같은 건 하지 말고…라는 소리를 하려는 게 아니다.

　나는 축복받았다고 자각하고 있고, 정말로 '나쁜 환경'이 있다는 것도 알고 있으니까. 다 안다는 척 말할 생각은 없다.

　다만 환경이 좋든 나쁘든, 만족하는 인생을 보내고 싶으면 결국 열심히, 최선을 다해 살아갈 수밖에 없다고 생각할 뿐이란 소리다.

　크리스의 동급생도 그 말처럼 나쁜 환경도 아니고. 부모 복이 없었을 뿐이지만, 혼자 힘으로 학교에 들어갈 정도로 행동력이 있고 목표를 향해 노력하는 인간 같고.

　아무튼 나는 내 나름대로 이 세계에서 열심히 살았다.

　물론 앞으로도 열심히 살 거다.

　그 열심히, 라는 것은 어쩌면 남이 보기엔 최선을 다하지 않는 것으로 보일지도 모른다.

　하지만 남이 보는 인생이란 그런 거잖아?

　게다가 누가 뭐라고 한들 내 인생이 변하는 것도 아니니, 아무래도 좋잖아?

그러니까 이걸 읽는 사람도 자기 인생을 열심히… 아, 자꾸 바로 설교하는 투가 되는군. 나도 나이를 먹었나. 아니, 평소부터 내 아이들에게 이런 말을 하기 때문일지 모르지.

응, 환경 이야기는 이 정도로 하자. 길어졌다.

자, 이 언어를 해독한 인간은 어떤 인간일까.

학자일까? 어쩌면 내 일기에 뭔가 대단한 마술의 비밀이 숨겨져 있다고 생각한 마술사일까….

어느 쪽이든 대단한 비밀이 없어서 미안하다.

마술에 관해 내가 아는 것은 대부분 록시에게 말했으니까, 라노아 마법 대학이나 아슬라 왕국의 마술 학교에서 배울 수 있을 거다.

선배로서 한마디 충고를 하자면, 영창 마술이든, 무영창 마술이든, 마법진을 이용한 마술이든… 혹은 이 일기를 읽은 네 시대에 유행하는 무엇이든, 복습이 있을 뿐이다.

같은 마술을 정신이 아득해질 정도로 몇 번이나 쓰고, 쉴 때도 그걸 잘 쓰는 방법을 생각한다. 연구하는 거다.

그러면 백년에 한 번 나올 천재는 아니더라도 주위에게 존경을 받을 정도로 뛰어난 자가 될 수 있다.

그래. 혹시 이 일기의 내용을 번역해서 어느 나라의 왕에게 헌상할 생각을 한다면 그만두는 편이 나을지도 모르겠군.

이세계의 언어를 해독했으니까 굉장한 일이고, 성과를 칭찬받고 싶은 마음은 알겠고, 노력에는 상응하는 보상이 있었으면 좋겠다.

하지만 내용을 따지자면 특히나 아슬라 왕국의 왕족에게는 안 좋은 이야기도 적혀 있으니까.

'아슬라 왕국의 국왕이 용신 올스테드의 꼭두각시 인형이었다!'라는 내용은 왕족으로서 가만둘 수 없잖아? 위신 문제도 있고.

아리엘은 감금 정도로 넘어갈지 모르지만, 세대교체가 있었으면 목숨을 보증할 수 없다.

물론 이 일기에 이름이 나오는 나라가 이 세상에서 전부 사라졌다면 마음대로 해도 좋아.

응? 그 정도 시간이 흘렀으면 역사학자일 패턴도 있을까.

그렇다면 이 시대의 일반적인 가정생활에 크게 참고가 되었으면 싶다.

하지만 전생하기 전의 지식을 살려서 이것저것 만들기도 했으니까 너무 참고로 하지 말아 줘.

아, 그렇지.

마지막으로 혹시 이것을 읽는 사람이 나와 같은 세계에서 온 자였을 경우.

네가 나와 달리 원래 세계로 돌아가고 싶어 한다면….

한 가지 조언을 해 주지.

'원래 세계로 돌아갈 방법은 있다. 사일런트 세븐스타의 발자취를 쫓아라.'

참고로 혹시 꿈에서 새하얀 공간이 나오고 모자이크 녀석이 조언을 해 주겠다고 하면 그건 믿지 마. 속을 거니까.

이상이다.

갑룡력 500년.

재생의 무녀라고 불리는 소녀가 있었다.

그 소녀의 눈은 죽어 있었다. 태어났을 때부터 공허해서 절망만 비추는 눈동자였다.

주위 어른들은 그런 그녀를 기분 나쁘게 여기고 거리를 두었다.

소녀는 알고 있었다. 자신이 어떤 운명에 도달하는지를. 태어나기 전부터 알고 있었다.

아니, 태어나기 전부터라는 말은 어폐가 있었다.

사실은 처음에 태어났을 땐 몰랐다.

그래, 그녀는 몇 번이나 다시 태어났다.

아니, 다시 태어난다는 말은 어폐가 있었다.

그녀는 몇 번이나 같은 인생을 거듭했다.

아니, 같은 인생이라는 말은 어폐가 있었다.

그녀는 아주 약간씩 다른 인생을 거듭했다.

아주 약간이지만 다른 인생… 그 결말은 항상 같았다.

인생은 항상 일정하다. 크게 변하는 일 없이, 언제나 같은 결말을 맞이했다.

결말이란 죽음이다.

소녀는 죽는다. 죽음은 누구든 피해 갈 수 없는 것이라지만, 소녀의 죽음은 잔혹한 것이다.

그녀는 나라에 도구로 이용당한 끝에 적국에 붙잡혀서 살해된다.

그야말로 아이들이 서로 가지려는 장난감처럼. 때로는 무참하게 범해지고, 때로는 산 채로 마물에게 먹히고, 때로는 자유를 빼앗긴 끝에 수장당하고….

괴로움과 절망 끝에 소녀는 죽는다.

소녀에게 인생이란 절망에 이르는 길이다. 처형대까지 가는 길을 한 걸음, 또 한 걸음 걸을 뿐인 매일이다.

희망은 없다.

소녀에게는 힘이 있었다.

물체의 시간을 최대 하루 되감는 능력.

그것은 깨진 것을 재생시켰다.

죽은 사람마저도 되살아나게 할 수 있다.

하루. 단 하루지만, 죽은 인간마저도 되살릴 수 있는 그 능력은 신의 아이로 나라에 이용되기에 충분했다.

국왕은 그녀를 자기 것으로 삼고 독점했다.

하루만 되돌리는 그 능력은 왕에게서 부상과 병을 없앴다.

신기하게도 노화는 막을 수 없었지만, 그것은 왕에게 사소한 것이었다고 한다.

소녀가 알기로 왕은 세 종류 있었다. 이름도 용모도 다름없지만, 성격과 언동은 조금씩 달랐다.

섬기는 왕은 소녀가 죽고 새로운 악몽이 시작될 때마다 조금씩 변했다.

어쩌면 사람에 따라서 그 사소한 변화로 그 왕을 현명하다고 칭송하거나 어리석다고 단언했겠지.

하지만 소녀에게는 아무래도 좋은 일이다. 어느 왕도 소녀에 대한 행동은 다름없었다.

소녀에게 왕은 모두 똑같았다.

신의 아이로서의 힘은 소녀에게 아무런 행운도 주지 않는다. 자기 시간을 되감을 수도 없고, 자기 자신을 위해 쓸 수 있는 것도 아니다. 그저 왕궁이라는 감옥에 가두기 위한 족쇄에 불과했다.

그리고 죽는다.

왕궁의 구석에서 키워지고, 매일 조금씩 다른 인간과 만나면서, 마지막에는 죽는다.

때로는 능력이 부족해서 왕의 분노를 사고. 때로는 왕국이 타국의 공격을 받아 포로로 잡히고.

때로는 왕국이 마족의 공격을 받아서 떼죽음을 당하고.

소녀는 무참하게 그 생명을 잃는다.

그리고 또 처음부터.

왕국의 구석, 변경 마을에서 태어나는 것부터 시작한다.

거기서 어른들의 눈총을 받는 유소년기를 보낸 후에, 왕궁에 불려 가고 죽는다.

물론 처음에는 소녀도 운명에서 도망치려고 했다.

능력을 숨기고, 부모와 함께 있으려고 했다.

하지만 소용없다.

다섯 살 생일을 맞을 무렵이면 어째서인지 왕궁에서 병사가 찾아와 소녀를 데려갔다.

병사가 오기 전에 마을 밖으로 도망치려고 했다.

하지만 소용없었다.

마물에게 잡아먹히든가, 산적이나 유괴범에게 붙잡혔다. 붙잡히고 팔려간 곳은 제각각 달랐지만, 최종적으로는 왕궁에 도달했다.

운명은 개미지옥처럼 소녀를 왕궁에 붙들어놓고, 절망에 빠뜨린 채로 살해한다.

지옥이다. 끝도 없이 계속되는 무한 지옥이다.

지옥은 소녀의 마음을 완벽하게 파괴했다.

소녀는 감정을 잃고 공허한 표정으로 기계처럼 왕의 지시에 따랐다.

백 년이고, 이백 년이고. 아니, 천 년일까, 이천 년일까. 어쩌면 만 년일까, 이만 년일까.

이미 자신이 얼마나 죽었는지, 얼마나 살았는지도 알 수 없었다.

기억은 항상 모호하고, 즐거웠던 기억은 하나도 떠오르지 않았다.

다만 죽는 순간만큼은 항상 선명했다.

본능이겠지. 죽고 싶지 않다는 본능이, 피해야 할 일로서, 죽는 순간을 기억하는 거겠지.

그 결과, 소녀의 일생은 죽는 순간으로 덧칠되었다.

추억은 아무것도 없다. 죽는 순간만이 연속되는 기억이 되었다.

끊임없이 계속되는 죽음 속에서 소녀는 생각했다.

강하게, 강하게, 생각했다.

'이젠, 싫어…. 누가 좀, 도와줘…'

그때 세계의 법칙이 변했다.

다음 인생에서 변화가 있었다.

이름도 모르는 지방 마을에서 태어나서 다섯 살 때에 왕궁으로. 왕의 말에 따르면서 매일 힘을 쓰는 나날은 변함없었다.

다만 열 살 때에 다른 일이 일어났다. 지금까지 한 번도 일어나지 않았던 사건이.

열 살이 된 날. 소녀는 생일 축하처럼 어느 장소에 끌려갔다.

왕궁 지하. 거대한 마법진이 있는 곳으로 끌려갔다.

소녀는 왕궁에 이런 마법진이 있는 것을 몰랐다. 왕궁 안을 마음대로 다닐 수 없었기 때문이다.

마법진 주위에는 수십 명의 어른이 있었다.

지팡이를 들고, 새카만 로브를 걸치고, 후드로 얼굴을 가린 어른들.

그들이 마술사라 불리는 사람이란 것은 지금까지의 무한 지옥에서 얻은 지식으로 알고 있었다.

하지만 이제부터 자신이 무슨 일을 당할지는 알 수 없었다.

마술에도 마법진에도 밝지 않기 때문이다. 소녀의 지옥 속에 마술이나 마법진을 배울 기회는 한 번도 없었다.

소녀는 마법진에 연결되었다.

소녀의 눈은 공허한 상태였다. 새로운 일이 일어났지만, 그것은 소녀의 마음에 잔파도도 일으키지 않았다.

어차피 마지막에는 죽는다. 도중에 무슨 일이 일어나든 변함없다.

그런 체념이 소녀의 마음을 지배하고 있었다.

의식이 시작되었다.

마법진은 사정없이 소녀의 몸에서 마력을 빨아들였다.

신의 아이라 불리는 인간의 체내에는 엄청난 마력이 내포되어 있다.

그것은 보통 마술이나 검술에 사용되는 것과 달라서, 본래 마술이나 이런 마법진에 쓸 것이 아니었다.

그럼 마법진이 소녀의 몸에서 마력을 빨아들인 것은 우연일까?

아니. 그 마법진은 의도해서 만들어진 것이었다. '재생의 무녀'의 마력을 써서 발동시키는 것이었다. 누가 만들었을까. 소녀에게는 보이지 않았지만, 의식 가장자리에 제작자는 있었다.

왕국 사상 최고의 천재라고 불리는 한 명의 마법기사다.

그녀도 소녀 정도는 아니지만, 재미없다는 얼굴로 마법진을 보고 있었다.

그리고 의식은 성공했다.

마법진은 눈부신 빛을 냈다.

무지갯빛. 소환의 빛이다.

그리고 그 빛이 수그러들었을 때, 마법진의 중심에는 한 소년의 모습이 있었다.

"성공이다."

"성공했어!"

"이걸로 나라는 살아난다!"

마술사들이 기뻐하는 와중에, 소년은 놀란 얼굴로 주위를 둘러보고 있었다. 그리고 자신의 정면, 주저앉아서 공허한 눈을 한 소녀를 보았다.

"저기… 여기는 어디야? 나는 분명히 나나랑 쿠로와 함께….

어라?"

그것은 그 자리에 있는 이들 중 누구도 알아들을 수 없는 언어였다.

하지만 왜인지 소녀는 이해할 수 있었다. 소녀 자신의 마력을 썼기 때문일까, 아니면 그가 그 자리에 있는 것에 소녀가 관여했기 때문일까.

"아, 내 이름은 시노하라 아키토. …너는?"

"나는 '재생의 무녀'."

"…무녀? …아니, 이름을 묻는 건데."

생각해 보면 소녀는 지옥 속에서, 특히나 왕궁에 온 뒤로 이름을 불린 적이 없었다.

신의 아이에게 이름은 없다.

신의 아이가 왕족이었다면, 예외가 있을지도 모르지만 기본적으로 신의 아이는 이름을 빼앗긴다.

이후로 신의 아이라고 불리고, 이름을 불리는 일은 없다. 소녀도 예외는 아니었다.

하지만 본래 신의 아이가 자기 이름을 기억하기 전에 이름을 빼앗기는 것과 달리, 소녀는 자기 이름을 기억하고 있었다.

몇 번이나, 몇 번이나 죽음을 거듭했기에 기억하고 있었다.

부모님이 붙여 준 이름을.

"…리리아."

"그래, 좋은 이름이네."

소년은 웃었다.

그 미소에 소녀의 가슴이 고동쳤다.

소녀는 변화를 느끼고 있었다.

소녀는 신의 아이 임무에서 해제되어, 소년의 통역 임무를 맡으라는 어명을 받았다.

한 마법기사를 호위로 데리고, 소년과 셋이서 왕궁 안을 활보할 수 있게 되었다.

"리리아, 저건 뭐야?"

다른 세계에서 왔다는 소년은 소녀에게 수많은 것을 물었다.

세계에 대해, 생활에 대해, 사람들에 대해.

소녀는 몇 번이나 태어났다 죽었지만, 아무것도 몰랐다.

"저건 뭐야… 라고 묻고 있습니다."

"저거? 저건 마도구야. 마력을 담으면 끝에서 불이 나오는 거지. 지금부터 숲으로 마물 퇴치라도 가는 거 아닐까."

아무것도 모르는 소녀는 기사에게 묻고, 기사가 대답한다.

천재라고 불린 그 마법기사는 나른한 기색으로 모든 것을 대답해 주었다.

소녀와 달리 그녀는 뭐든지 알고 있었다.

"오, 화염 방사기 같은 건가…. 그러고 보면 이 세계에는 나무 마물이 많댔지…. 리리아는 본 적 있어?"

"…몇 번. 버스럭거리며 움직였습니다."

"버스럭… 하하, 상상도 안 가네. 아, 하지만 영화에서 본 적 있었어."

"영화…?"

"영화는…."

통역 같은 나날.

그것은 지금까지와 전혀 다른 생활이었다.

신선했다.

소년은 이 세계에 대해 알 때마다 티없이 웃었고, 그때마다 소녀는 가슴이 뛰는 것을 느꼈다.

처음에는 아무것도 변하지 않는다고 생각했다.

자신은 끝났다고 생각했다.

하지만 때때로 말해 주는 소년의 세계 이야기에 꿈같은 생각을 하게 되었다.

소년의 질문에 대답하는 기사의 말을 듣고 이 세계가 넓어지는 것을 느꼈다.

이 세계는 한없이 넓고, 자신이 모르는 많은 사람이나 물건이 넘쳐난다는 걸 알았다.

소년이 오고 얼마 후에, 음식에서 맛을 느낄 수 있었다. 아침에 일어났을 때 들려오는 새의 지저귐에 귀를 기울일 수 있게 되었다. 햇살의 따스함에 기분 좋다고 느낄 수 있었다.

살아 있는 것을 실감했다.

지옥은 끝났다고 생각했다.

소년은 소녀를 구하러 와 준 것이다. 길고 긴 지옥에서 구하러 와 준 것이다.

그리고 자신은 이 소년을 만나기 위해 살아왔다.

앞으로 진짜 자신의 인생이 시작된다.

'이것은 운명이다.'

그렇게 생각될 정도로 소년은 강하고 다정하게 소녀의 마음을 떠받쳐 주었다.

하지만 운명은 배신했다.

왕국은 전쟁의 불길에 휩싸였다.

소녀는 알고 있었다. 자신은 매번 이 불길에 휩싸여 죽는 것을.

누구보다도 잘 알고 있었다.

하지만 소녀는 몰랐다.

소년이 그 전쟁에 승리하기 위해 불려 온 것을.

왕국이 데리고 있는 예언자가, 그대로 싸우면 반드시 패배하기 때문에 이세계에서 용사를 소환하여 싸우게 하자고 조언했던 것을. 예언자의 말처럼 왕국은 10년 들여서 소년을 불러냈고 더는 물러날 수 없다는 것을.

소녀는 아무것도 몰랐다.

그리고 소년은 싸웠다.

하지만 소년은 싸움을 몰랐다. 왕국 사람들은 소년이 싸울 수 없다는 것을 알고 있었지만, 그래도 전장으로 보냈다. 갑옷을 입히고 검을 들려서 군의 최전선에 세웠다.

그걸 위해 불렀으니까.

그리고 소년은 죽었다.

전쟁 중에 무참하게 살해되어 죽었다.

떨리는 다리로 전장에 섰다가, 적장에게 단칼에 목이 날아가서 죽었다.

목은 적장에게 빼앗기고, 소녀에게는 소년의 몸만 돌아왔다.

왕국 사람들은 죽은 소년을 보고 한숨만 내쉬었다.

이세계의 용사는 역시 도움이 되지 않았다. 예언자의 허언을 믿은 것은 어리석은 짓이었다.

그렇게 내뱉을 뿐이었다.

소녀는 소년의 주검에 다가가서 재생시키려고 필사적으로 힘을 썼다.

소용없었다. 이미 소년의 죽음으로부터 하루 이상이 경과해서 썩기 시작했다.

소녀의 힘으로는 어쩔 수 없었다.

소녀는 울었다.

왜냐고 소리쳤다. 왜 자신만 이런 꼴을 당하는 거냐고 소리쳤다.

울었다.

슬프다는 마음 때문만이 아니었다.

운명에 희롱당하는 감각. 너는 뭘 해도 소용없다고 비웃음을 사는 무력감이 소녀의 마음을 지배했다.

그리고 또 왕국은 멸망했다.

소녀는 붙잡혀서, 계속 그래 왔던 것처럼 실의 속에서 목숨을 잃었다.

하지만 평소와 달리 소녀는 생각했다.

태어나서 처음으로 강하게, 강하게, 강하게, 생각했다.

'살고 싶어…!'

죽고 싶지 않아도, 살려 줘도 아니었다.

'그와 함께 살고 싶어…!'

소녀와 함께 산 시간은 그리 길지 않았다.

하지만 그 짧은 시간은 분명히 소녀의 마음을 지배했다. 죽음의 기억으로 덧칠된 소녀의 마음을 아주 간단히 다시 바꿔 칠했다.

소년은 희망이었다. 소녀에게 처음 갖는 희망이었다.

희망은 소녀에게 고개를 들게 하고 앞을 보게 했다. 태어나서 처음으로 소녀는 자신의 힘에 눈을 돌렸다.

소녀는 죽는 순간, 피가 날 정도로 입술을 깨물고 자신의 힘을 사용했다.

하루만 시간을 되감는다.

그렇게 여겨졌던 능력을.

모두가 희미하게 위화감을 깨달으면서도, 편리하다는 이유로 더 이상 자세히 조사하지 않았던 능력을.

소녀는 머리가 타 버릴 정도로 힘을 쥐어짜서 사용했다.

'과거를 개변하는 능력'을 그녀는 사용했다.

세계는 소녀의 존재를 중심으로 루프했다.

소녀의 힘은 과거에 미쳤다.

갑룡력 400년.

피트아령, 로아시.

소녀가 사랑하는 소년이 목숨을 거둔 장소.

그 상공에 시공의 균열이 출현했다. 시공의 균열 안에는 소년과 깊은 관계성을 가진 존재가 있었다.

그 존재는 소년과 함께 살고 싶다는 소녀의 영혼과 흡사했다.

고로 자연스럽게 소년을 구하는 미래를 만들기 위해 세계를 개변하고, 소년이 사는 길을 만든다.

그 결과 갑룡력 500년에 소년은 목숨을 건진다.

…그럴 터였다.

본래 없을 인간을 과거에 존재시킨다는 행위는 아무리 소녀의 힘이 강대하다고 해도 불가능했다.

부상을 없었던 일로 하는 것이나 병에 걸리지 않았던 것으로 하는 것과는 경우가 달랐다.

시공의 균열은 존재하지만, 존재가 세계에 내려오는 일은 없었다.

소녀의 힘과 세계의 힘이 맞서 싸웠다.

400년, 401년, 402년, 403년….

아무 일도 없이 세계는 진행됐다.

하지만 그런 와중에.

시공의 균열을 통해 한 영혼이 흘러들었다.

그 영혼은 소년과 아무런 관계가 없었다.

소년이 전이할 때, 소녀의 힘이 존재를 부르기 전에, 그저 근처에서 죽었다는 것뿐이었다.

하지만 영혼이라는 상태이기 때문에, 세계가 막고 있던 시공의 균열 사이를 통과해서 세계에 들어올 수 있었다.

그리고 이리저리 방황하다가 지금 막 죽으려던 아기의 안에 들어갔다.

그 영혼의 주인에게는 루데우스 그레이랫이라는 이름이 붙여졌다.

루데우스 그레이랫의 존재는 아주 약간이지만 세계를 바꾸어 놓았다.

록시 미굴디아의 사상을 바꾸고, 실피에트의 역사를 뒤흔들고, 에리스 보레아스 그레이랫에게 지혜를 주었다.

그 행동이 세계의 억지력을 약하게 만들었다.

시공의 균열이 더 넓어졌다.

그리고 갑룡력 417년.

나나호시 시즈카가 소환되었다.

하지만 루데우스 그레이랫의 존재가 소녀가 원했던 것 이상의 개변을 세계에 가져왔다.

본래 소년을 구하기 위해서만 일으킬 터였던 변화가 그것으로 끝나지 않게 되었다.

역사는 아무도 모르는 방향으로 걸어가기 시작했다.

세계는 변했다. 그 변화가 소녀가 원하는 것이었는지는 모른다. 왜냐면 아직 소녀는 태어나지 않았기 때문이다.

하지만 루데우스의 죽음으로부터 몇 년 후.

소녀는 태어났다.

루프의 대가로 능력의 대부분을 잃은, 껍데기뿐인 신의 아이가 태어났다.

　자신의 소원을 이루기 위해. 마지막 세계에 태어났다.

　그녀가 끝까지 살아남을 수 있을지는 아직 아무도 모른다.

무직전생

이세계에 갔으면 최선을 다한다

역대 캐릭터 디자인집

A
collection of character designs
from
past generations

실피

머리 : 살짝 기른 후

머리 : 첫 만남 때

후드로
머리카락을 숨긴다는

화상 자국

캐릭터 디자인안
실피

루데우스

왼쪽 눈 밑에 눈물 점

7살

3살

5살

6살

캐릭터 디자인안
루데우스

파울로

파울로 : 검

길레느

길레느 : 검

캐릭터 디자인안
파울로 & 길레느

록시

로브 있음

로브 없음

지팡이

에리스

올린 머리

드레스① 드레스② 훈련복

캐릭터 디자인안
에리스

제니스

제니스 : 뒷머리

리랴 : 뒷머리

리랴

캐릭터 디자인안
제니스&리랴

아르만피

뒷면 : 대거

캐릭터 디자인안
아르만피

머리② 머리①

필립

머리③

사울로스

겉옷 없음

노코파라

쟈릴

캐릭터 디자인안
노코파라 & 쟈릴

루이젤드

스킨헤드

백악의 삼지창

에리스 검

캐릭터 디자인안
에리스&루이젤드

록스

뒷머리 →

로인

로카리

캐릭터 디자인안
로카리&로인

기스

파울로

경장

캐릭터 디자인안
기스&파울로

머리2

수염 없음

스승니이이이이임!!

엉금 엉금

자노바

키시리카

노른

아이샤

캐릭터 디자인안
노른&아이샤

엘리나리제

뒷머리

뒷모습

팔

칼집

무기

펜던트

탈핸드

뒷모습

무기

캐릭터 디자인안
탈핸드&엘리나리제

페르기우스

①

머리 패턴

②

③

④

실바릴

뒷모습

묶어 올린 머리

날개 흔적

토가 같이…

머리 장식

캐릭터 디자인안
페르기우스&실바릴

올스테드

① ② 가면안

나나호시

스잔느

졸다트

캐릭터 디자인안
스잔느&졸다트

로브 있음

로브 없음

루데우스

15세

사라

활

캐릭터 디자인안

사라&루데우스

피츠

선글라스 없음

캐릭터 디자인안
피츠

티모시

패트리스

지팡이

미미르

메이스

캐릭터 디자인안
**티모시&
패트리스&미미르**

바디가디

지팡이

크리프

망토 없음

캐릭터 디자인안
바디가디 & 크리프

프루세나

리니아

줄리엣

노예복

사이드

캐릭터 디자인안
프루세나&리니아
&줄리엣

캐릭터 디자인안
루데우스

아리엘

뒷모습

루크

검

캐릭터 디자인안
아리엘&루크

오베르

문신

니나

머리 모양

①

②

③

뒷모습

캐릭터 디자인안
니나&오베르

노른 아이샤

캐릭터 디자인안
노른&아이샤

노인 루데우스

에리스

봉아용검

무영검

칼집,
띠

캐릭터 디자인안
에리스&
노인 루데우스

칼집

제니스

파울로

왼손 검

트리스티나

비옷

캐릭터 디자인안
트리스

반지

마법진

지절

팔찌

레오

캐릭터 디자인안
소도구&레오

노른

케이프 있음

등

아이샤

캐릭터 디자인안
노른&아이샤

이졸테

얼굴

기사 갑옷

레이다

띠

검띠

검

캐릭터 디자인안
레이다&이졸테

팩스

베네딕트

캐릭터 디자인안
팩스&베네딕트

진저

뒷머리

장비 있음

줄리엣

루데우스

크리프

캐릭터 디자인안
루데우스&크리프

①

머리 모양 기타안

②

③

④

란돌프

검

캐릭터 디자인안

란돌프

아토페라토페

앞머리 ②

검 보충

투구

머리 ① 머리 ②

무어

캐릭터 디자인안
아토페 & 무어

제니스

테레즈

클레어

무녀

캐릭터 디자인안
제니스&테레즈&
클레어&무녀

록시 로브

귀족복 →

왕 →

스텔비오

캐릭터 디자인안
록시&스텔비오

지노

뒤

겉옷 없음

통 모양

후적

칼집

검신

캐릭터 디자인안
갈&지노

① 눈 크게　　② 눈 작게

산도르

투구

봉

얼굴

①　　②

도가

캐릭터 디자인안
산도르 & 도가

전투 도끼

루데우스

변장했을 때

샷건

벨트로
고정

버튼
좌우로 5개

스크롤 버니어

크리프 신부복

노른 여행 차림

캐릭터 디자인안
루데우스&
크리프&노른

26권
루데우스

26권
기스

투신갑옷

캐릭터 디자인안
루데우스 의상 &
기스 의상 & 투신갑옷

알렉

왕룡검

마르타

캐릭터 디자인안
알렉&마르타

머리 Ⓐ Ⓑ

머리 Ⓐ

라라

아르스

크리스티나

뒷머리

옷+머리 Ⓐ

Ⓑ

Ⓑ

리리

캐릭터 디자인안
아르스&크리스티나
&라라&리리

뒷머리

루시

루시

지크

케이프 없음

앞모습

뒷모습

실피가 입었던 것과
비슷한 케이프

털양말

캐릭터 디자인안
루시&지크

무직전생 ~이세계에 갔으면 최선을 다한다~ 26

2024년 4월 10일 초판 발행

저자	리후진 나 마고노테
일러스트	시로타카
옮긴이	한신남

발행인	정동훈
편집인	여영아
편집 팀장	황정아 김은실
편집	노혜림

발행처	(주)학산문화사
등록	1995년 7월 1일
등록번호	제3-632호
주소	서울특별시 동작구 상도로 282 학산빌딩
편집부	02-828-8838
영업부	02-828-8986

ISBN 979-11-411-1165-6 04830
ISBN 979-11-256-0603-1 (세트)

값 9,000원